やはり俺の
青春ラブコメは
まちがってい
アンソロジー1
My youth romantic come
wrong as I expected.
Anthology 1 yukino side
雪乃side
JN049352
ぽんかん⑧
Ponkan

春 日 歩
Ayumu Kasuga

切 符
Kippu

ももこ
Momoko

# Illustrator's Profile

ぽんかん⑧／イラストレーター。担当作に、『やはり俺の青春ラブコメはまちがっている。』シリーズ（ガガガ文庫）、『生徒会探偵キリカ』シリーズ（講談社ラノベ文庫）ほか、『SHIROBAKO』のキャラクター原案などがある（口絵p1）

春日 歩／イラストレーター、漫画家。漫画『城下町のダンデライオン』（まんがタイムKRコミックス）の執筆のほか、担当作に、『俺、ツインテールになります。』シリーズ（ガガガ文庫）、『最弱無敗の神装機竜』シリーズ（GA文庫）などがある（口絵p2-3、挿絵p193）

ももこ／イラストレーター。担当作に、『ラストエンブリオ』シリーズ（角川スニーカー文庫）『教え子に脅迫されるのは犯罪ですか？』シリーズ（MF文庫J）ほか、『バレットガールズファンタジア』キャラクター原案などがある（口絵p6-7、挿絵p103）

切符／イラストレーター。担当作に、『のうりん』シリーズ（GA文庫）、『対魔導学園35試験小隊』シリーズ（富士見ファンタジア文庫）、『本屋の店員がダンジョンになんて入るもんじゃない!!』（ダッシュエックス文庫）などがある（口絵p4-5、挿絵p53）

Ukami うかみ／イラストレーター、漫画家。漫画『青春おうか部』（電撃コミックスEX）、『ガヴリールドロップアウト』（電撃コミックスNEXT）の執筆のほか、担当作に、『クズと天使の二週目生活』シリーズ（ガガガ文庫）などがある（挿絵p143）

ANTHOLOGY1 YUKINO sid
やはり俺の
青春ラブコメは
まちがっている
アンソロジー1
My youth romantic come
wrong as I expected.
Anthology1 yukino side
雪乃side

# Contents



design: numata rina

# その答えは風に吹かれている。

石川博品
挿絵：切符

「ヒッキー、さすがにそれは引くわ……」

「よくもまあそんな気持ち悪いことを思いつくものね。一度頭を叩き割って中身を見てみたく——いいえ、やっぱり見たくないわ。どうせ中身も気持ち悪いもの」

こんなひどいことばを浴びせられ、いたたまれなくなった俺は奉仕部の部室を飛び出した。

誰がどの発言をしたのか、説明するまでもないだろう。シンプルながら心にくる方が由比ヶ浜で、長ったらしくて心にくる方が雪ノ下だ。

ふと思ったんだが、俺のまわりの女って（悪い意味で）心にぐっとくること歌ってくれる奈々ちゃん的な奴しかいないな……。というか、全人類の半数が奈々ちゃんまである。これもう地球あらため水樹奈々座長公演「水樹奈々大いに唄う」だろ。いつか宇宙人に自己紹介するとき「どうも、水樹奈々座長公演『水樹奈々大いに唄う』からやってきた比企谷八幡です」って言ったら相手が「コイツの星の支配者、自己顕示欲やべーな」ってビビりそうだ。

惑星ならぬ部室の引力圏から脱出したはいいが、どこにも居場所がないので、とりあえず二年F組の教室に行ってみた。

暑いので窓を開けると、空っぽの教室に風が吹きこみ、カーテンを派手にめくりあげた。

適当な机に腰かけ、机と椅子の列を見渡す。夏の日差しに満ちた窓の外の景色が目の端にひっかかり、薄暗い教室をいっそう暗く映す。

こうしていると思い出すなあ……片思いの彼女に告白した、あの放課後……って、これまた心にくるやつだ。

過去も現在も俺の心にダメージを与えてくる。俺がスクルージなら、未来の幽霊が来る前にメンタル崩壊してるだろう。

足をぶらぶらさせながら物思いにふける。

よく考えてみると……なんでさっき由比ヶ浜と雪ノ下にあそこまで言われなきゃならなかったんだ？

俺はただ「チーバくんのことを性的な目で見てる」と口にしただけなのに。

だってあれはどう見ても性的なコンテンツだろ。全身真っ赤なのは明らかに発情のあかしだ。多くの動物は発情期になると体色が派手になる。一説には、女性の赤いリップやチークも、発情した表情に似せることで異性やら同性やらの目を引きつける効果があるという。

また、口からボロンと露出させている舌、ツンと上を向いた鼻——あれもなんらかの突起物のメタファーであることはまちがいない。

そして、イラストでの印象とはちがい、着ぐるみのチーバくんはむっちりしていていかにも抱き心地がよさそうなのだ。直に対面してあの肉感的な魅力に抗える者はそういないのではないか。

さらに、cheeba といえば英語でマリファナを意味するスラング。こうなってくるともう、ヤツは快楽物質が歩いているようなものだと断定せざるをえない。

――というようなことを早口でまくしたてたら、部室の空気が完全に冷えきってしまった。たとえばフランス革命の打ちあげの席で「マリー・アントワネットってけっこうかわいくね？」と発言してしまったとしてもここまでヒエヒエにはならないだろう。

でもマリーかわいいよね。最後は王妃として覚醒するし。俺『ベルばら』全巻読んだからその辺詳しいんだ。俺いまこの瞬間あの時代に転生しちゃったとしても、比企谷八幡あらため謎の没落貴族ローラン・ド・ゴリラとして生き延びる自信ある。

そんな感じで遠いフランスの空にはためく三色旗を幻視していると、

「どうした八幡、こんなところで黄昏て」

教室の戸口に立つ影があった。この暑いのにコートを羽織って指ぬきグローブをはめて、なんだかもう影すら暑苦しい。

「なんだ、材木座か」

俺が名前を呼ぶと、ヤツはなぜかちょっとうれしそうな顔をしてこちらにやってきた。

「ちなみに八幡よ、黄昏というのはな、日が落ちて暗くなったので人の顔が――」

「あっ、間に合ってます」

中二病にかかった人間は小難しいことばが好きで、すぐ会話の中に忍ばせたり語源を説明したりしたがる。なんで知っているかというと、俺も罹患していたからだ（罹患とか言っちゃうのもそれだ）。中学校のときの作文なんか、漢字だらけでひどかったな。近所のチワワは咆哮し、公園で転んだガキは慟哭し、地面のアリンコは跳梁跋扈するという、魔界みたいな町内が原稿用紙の上に現出していたものだ。

材木座が俺のとなりの机に腰かけた。重みで机がギシッと鳴る。

「悩みでもあるのか？　我に話してみろ、強敵よ。剣豪将軍の目安箱はいつでもオープンだぞ」

苦手なんだよな、この手の「男の友情」的なノリ。

材木座に奉仕部の件を相談したところで、有用なアドバイスが得られるとは思えない。なんせコイツは俺以上のポンコツだ。

だが、そのポンコツぶりをちょっと見てみたいという意地悪な思いが頭に浮かんだ。

「実は……かくかくしかじかエトセトラエトセトラでアンド・ソー・御宿海岸月の沙漠で我泣き濡れてひとりかも寝む、とこういうわけだ」

「ふうむ……」

材木座は腕を組み、しばし瞑目した。意外とまじめに考えてくれているみたいだ。ちょっと申し訳ない気持ちになる。

　やがて材木座がカッと目を見開いた。

「八幡、お主………ケモナーか」

「ん？」

　俺は首をひねった。さっきの申し訳ない気持ち返して。

　材木座が俺の肩に触れてくる。

「いいんだいいんだ。こう見えて我はお主のようなタイプの人間にも理解がある。ラノベ作家というものはあらゆる性的ジャンルに精通していなければならぬのだ」

「ラノベ作家も大変だな」

　どうも俺の言いたいことが伝わっていない気がする。

「しかし……お主の性的嗜好はひとまず措くとして、それを女子二人にからかわれて泣き寝入りというのは少々情けないぞ。『自分は単なるケモミミっ娘ではなくマズルつきのガチなやつでなければ興奮しないのだ！』と胸を張って主張せぬか」

「いや、俺はガチとかそういうのじゃなく――」

「そんな弱気でどうする！　ヤツらにガツンと言ってやれ！」

「無茶言うんじゃねえよ。じゃあおまえ、由比ヶ浜と雪ノ下に面と向かってガツンと言えるのか？」

俺のことばに、材木座は「フッ」と笑った。

「ラノベ作家を目指すような人間が女子にガツンと言えるような性格をしていると思うか？」

「ラノベ作家も大変だな」

「そもそも我、あの二人が苦手なのだ。特に雪ノ下という御仁、正直ちょっと怖い」

やっぱりコイツはポンコツだな。何の役にも立たない。

アホらしくなった俺は立ちあがり、窓の外を眺めた。

甲高い笑い声が聞こえてくる。下に目をやると、ハデめの女子三人組がおしゃべりしながら下校するところだった。

ふと思いたって、スマホを取り出した。時刻は午後三時四十分。

「あの位置ならば……頃合いか……」

「何の話だ？」

材木座が俺のとなりに来る。

俺は地上を指差した。

「あそこの女子三人組が見えるか？」

「うむ」

「いまから十五秒後、あの三人のパンツが丸見えになる」

「バカを言え」

材木座（ざいもくざ）があきれた様子で頭（かぶり）を振る。「いまどき爆死アニメでもそこまで安直なラッキースケベは起こらぬわ。八幡（はちまん）、女憎さのあまりに狂したか。そんなことだからお主は――」

そのとき、風が吹いた。

ごうっと鳴って校舎を震（ふる）わせる。俺の背後でカーテンが天井近くまで舞いあげられる。

黄色い声が響く。

「キャーッ」

「何これ～」

「やだ～」

地上の三人がめくれあがろうとするスカートを両手で押さえている。

俺は風を浴びて涙のにじんだ目をこすった。

「丸見えって言ったけど……上からじゃ見えるわけないか」

自分のことばが可笑（おか）しくてすこし笑ってしまう。

材木座の方を見ると、四角い眼鏡（めがね）の向こうで目を真ん丸にしていた。

「か、風を継ぐ者・風精悪戯（オイレン・シルフィード）・第二章（チャプター・ツー）……やはりお主も能力者か……」

「も？」

「さっきの風はお主が巻き起こしたのだろう？」

「んなわけねえだろ。単なる予測だよ。五月のテニス対決のあと、風の吹き方に関するデータをさらに集めたんだ。昼休みと放課後なら、どこにどんな風が吹くか、統計から導き出せる」

「なるほど……ということは、だ……」

材木座は黒板の方に走っていき、チョークをつかんで何かを書きはじめた。「それさえあればば……クク、いいぞ……復讐するは我らにあり！」

いったい何をぶつくさ言っているのかと、俺はヤツの背後に立った。

黒板には矢印やら謎の棒人間やら、これまた謎の数式やら、ごちゃごちゃと書かれていた。

「八幡よ、お主の能力を使って由比ヶ浜と雪ノ下に泣きを見せてやるのだ」

「おまえ何言ってんだ？」

「よく聞け――」

材木座は黒板をチョークでコツコツと叩いた。「まず、お主があの二人を適当な場所に呼び出す。そして、そのときを迎える。すると、風がフワーリでスカートペローリからのパンティチラーリ、それを見た我らの溜飲サガーリ、とまあこういうわけだ」

「うーむ……」

風のデータを集めたのは、単なる好奇心からだ。誰かのスカートをめくってやろうといった下心からのものでは断じてない。

「どうだ八幡よ、この話に乗らぬか？」

「うーむ……」

俺はふたたび窓の外を見た。空高く、雲が風に乗って流れていく。

雲はいいよなあ。働かなくても風の力でどこまでも行けて。

むかしは人間も風の力を利用していた。風車とか帆船とか。それが産業革命以後、様々な燃料に頼るようになり、風の力を使うことはすくなくなった。

革命ってのは善し悪しだ。いろいろ便利になったけど、環境は汚染され、自然とのつながりは失われた。

いまこそ、人間と自然が手を組み、新しい関係をスタートすべきなのではないのか。そう、たとえば風の力を借りて女子のスカートをめくるような——

「はじまるッ！　八幡（はちまん）革命ッ！」

人類をあらたなステージに導くべく、俺は手を差し伸べた。

材木座（ざいもくざ）がチョークまみれの手で俺の手を力強く握った。

「フッ、そうこなくては」

——これがのちに言う「総武高校（ハイスクール）の誓い」である。

×　×　×

翌日の放課後、俺は自転車置き場の裏手で材木座と待ちあわせた。

ここはいつもの昼食スポットに程近い。長い時間を過ごしてきた場所だから、風のデータもそろっている。

自転車置き場には腰の高さほどの鉄板が張ってあって、俺と材木座はしゃがみこんでその陰に身を隠した。

「して八幡よ、由比ヶ浜と雪ノ下のどちらから呼び出すのだ?」

「その前に――」

俺は地面に置いてあった鞄を引き寄せた。「実験をしたい」

中から取り出したものを見て材木座が驚きの声をあげた。

「そ、それは……スカートではないか!」

俺が手にしているのは、裾のあたりに白いラインの入ったプリーツスカートだ。

材木座は愕然としている。

「まさかお主、盗――」

「ちがうわ。ちょっと妹から借りてきたんだ」

借りてきたといっても、もちろん無断だ。これが親父にバレたらさすがに勘当されるだろう。なんなら強制出家まである。そしたら坊さんの源氏名みたいなやつ、そのまま「八幡」でいけそうだな。「これ、八幡や」とか和尚さんに言われたりして。いつか独立して初代八幡寺を建立してみせる。チェーン展開して寺系ブームを起こそう。

「そのスカートを穿いて実際に風を受けてみるというわけか。実験を重んじるとは科学的だな。しかし……誰が穿くのだ？　我は嫌だぞ」

「スカートも俺の目も穢れるからそんなことはしない」

「ならばいったい誰が……？」

「ちょうどいま来たところだ」

俺は腰を浮かせて、自転車置き場の向こうに手を振った。あたりをきょろきょろ見まわしていた生徒がこちらに気づくと小走りにやってきた。（↑もうかわいい）

「ここにいたんだ、八幡。ぼく、さがしちゃったよ」（↑ほらかわいい）

戸塚彩加（↑ここかわいい）は自転車置き場の裏まで来ると、俺に向かってほほえんでみせた。（↑もはや尊い）

昨日からずっと材木座の顔を見てたから、戸塚のかわいさがいつも以上に沁みる。たった一日でこれなんだから、出家したあとにこのかわいさを浴びたとしたら、これはもう仏教をやめて戸塚教をはじめるしかないだろう。世界三大宗教……相手にとって不足はない。

「あっ、材木座くんもいたんだ」

声をかけられて材木座は、

「お、おお、戸塚氏か。ふむふむ、なるほどそういうことか」

ニヤニヤととろけた笑顔を浮かべながら俺に目くばせしてくる。マジで気持ち悪い。

でも待てよ……自分じゃわからないけど、ひょっとして俺も戸塚の前でこんな顔をしてるのか？　嫌すぎる……。

材木座はおのれを映す鏡というわけだ。こんな鏡、俺が魔女なら白雪姫より先にこっちを森の奥に捨ててこさせるけどね。

俺はことさらにキリッとした表情を作った。

「悪かったな、部活の前に呼び出したりして」

「ううん、気にしないで」

戸塚はちょっとはにかんだような笑顔を浮かべた。

「来てくれてありがとう」

「うん」

「あり(注1)がとう。あり(注2)がとう」

「う、うん……」

「あり(注3)がとう」

「ホントに気にしなくていいからね？」

戸塚は戸惑っているが、注1と注2の「ありがとう」は戸塚のお父さんとお母さんに対しての、注3のは戸塚のいる世界を創ってくれた神様に対してのものだ。マジ神に感謝。俺の心の人気ランキングは一位から十位までを戸塚が占めている。一日一万票、感謝の投票をしているからね。

「それで、用があるって言ってたけど、何?」

「うん、それなんだが——」

俺は妹のスカートを差し出した。「頼む! 何も言わずにこれを穿いてくれ!」

「え〜?」

戸塚は明らかに困惑している。

まあ、そりゃそうだ。

「戸塚氏! 科学のため! 科学のためだぞ!」

材木座が妙に目をギラギラさせながら言う。なんでコイツ俺より入れこんでるんだ?

「でもさあ……」

「よし、わかった。ならば俺も脱ごう!」

戸塚はまだ承服しかねる様子だ。

「も?」

首をひねる戸塚の前で俺はワイシャツとズボンを脱ぎ捨て、パンツ一枚になった。

「八幡……すごい……」

戸塚の目が俺の下半身に行く。「すっごいパンツ派手だね!」

「だろ?」

どういうわけか俺はパンツを買うときに羽目をはずしてド派手なやつを選んでしまう。男物のパンツって立体的でかっこいいんだよな。素材も機能性があったりして。

その点、女物のパンツって何の魅力もない。あんなもんクッシャクシャの布にすぎん。レースとかついてるのも邪魔なだけだ。やっぱり男のパンツは最高だよ。ところで戸塚ってどんなパンツ穿いてるのかな。

「お主のパンツ、星がいっぱい描いてあってかっこいいな」

材木座も男のパンツ派のようだ。

「ここが一番のおしゃれポイントだぞ」

「魔界に行ったらデカい顔ができそうだ」

「ああ。夕食のメニューはつねに俺が決める！」

俺と材木座がパンツ談議でキャッキャ言ってる間も戸塚は困り顔をしていた。

「スカート穿くのはちょっと……だってぼく、男の子だよ？」

そのご意見はまったくもってごもっともだ。

だがここで引きさがるわけにもいかない。なにせ戸塚のスカート姿がかかっているのだ。

「何を言ってるんだ？　女装は男のみに許された、真に男らしい行為だぞ？」

戸塚が男にこだわるなら、こちらも男で押す！

昨日の部室でも、逃げ出したりせずこれくらい強弁すればよかったな。「チーバくんが性的じゃないって？　じゃあ見てみろよ、俺のチーバくん（ボロン）」……これ、よくて退学コースだな。最悪の場合、「それがチーバくん？　せいぜい中の島くらいにしか見えないのだけれど」と雪ノ下の冷たい視線を浴びせられ、失意のあまり中の島大橋から身投げするという事態にも陥りかねない。

ちなみに中の島というのは、チーバくんでいうと股間あたりに位置する小さな島で、潮干狩りが楽しめるオススメの行楽スポットだ。島には日本一高い歩道橋である中の島大橋を渡って行けるのだが、この橋は「恋人の聖地」とやらに指定されているのでまったくオススメできない。

「女装が男らしい……そ、そうなのかな……」

戸塚が胸に手を当て、視線を地面に落とす。その心はかなり揺らいでいる様子。俺の心もいろいろと揺らいでいるが、まあそれはいい。

ここはもう一押しすべきところだ。

俺は戸塚の肩をつかんだ。

「これはおまえにしか頼めないことなんだ。男の友情で結ばれたおまえにしかな」

話の流れでつい「男の友情」なんてことを口にしてしまった。

至近距離で見つめあっているうち、戸塚の頬がぽうっと薄紅に染まった。

「は、八幡がそこまで言うなら、いいよ……」

やったあ！　じゃあまず、ご両親にご挨拶しに行かないとな。指輪とか、どうする？

「じゃあそれ、貸して」

戸塚が俺の手からスカートを取る。

あ、そっちね……。いま俺、一瞬だけ未来都市ダイバーシティの住人になってたわ。その空の色は、空きチャンネルに合わせたＴＶの色だった……。

俺たちの背後で戸塚が着替える。紳士協定で、ふりかえることはしない。

となりでは材木座が鼻息を荒くしている。

「冥府からもどる途中のオルフェウスもこんな気分だったのだろうか、なあ八幡よ」

「知るかよ」

何コイツ勝手に連帯感を抱いてんだよ。いま戸塚が妹のスカートを穿いてるわけだから、俺は実質的に戸塚のおにいちゃんだぞ。赤の他人はすっこんでろ。

やがて着替えを終えた戸塚が俺たちの前に姿を現した。

「おほぉ……」

材木座が魂の抜けたような声を発する。

「ど、どうかな……」

戸塚はスカートの裾をつかみ、もじもじと膝をこすりあわせていた。上は半袖のジャージだが、それがかえってボーイッシュというか、気取らない系女子っぽくていい。

しっかしキレイな脚してんなあ。膝小僧もスベスベ。俺、「戸塚の膝小僧マウスパッド」が発売されたら、二十個買って全身に貼りつけ、妖怪・戸塚の膝小僧小僧と化して近所をうろつきたい。

「戸塚氏、よくお似合いだ」

俺も「本物の女子みたいだ」と言いそうになった。だが戸塚は先程男にこだわっていた。ということは、「女子みたい」は禁句。ここは科学的な姿勢で臨むべきだろう。

「うむ、実験の条件には合致しているな。ではあちらへ移動してくれ」

「う、うん、わかった」

戸塚はややまごつきながら俺の指す方へと歩いていった。

校舎から十メートルほど離れたところで合図し、立ち止まらせる。

戸塚はテニスコートにいる部員たちの方を気にしてそちらをチラチラ見ている。その感じもなんかエロい。

俺のとなりでは材木座がまたも鼻息を荒くしている。

「ハァハァ……戸塚氏……」

「耳障りだからしばらく息は吸うだけにしてもらえるか？」

戸塚がこちらを見て「まだなの？」と目で訴えかけてくる。

俺はスマホに時刻を表示させた。

「五……四……三……二……一……いまだ！」

風が吹いた。

遠くのテニスコートで悲鳴があがり、土煙が光景の奥行きを失わせて——世界がスローモーションになった。

立つ鳥の翼のようにふわりとスカートがひろがり、ゆっくりと舞いあがっていく。白く細い脚がその付け根まであらわになり、これを小さな手が押さえる。

「ひゃっ」

戸塚の顔が真っ赤になる。

俺の魂は天高く昇っていき、大いなる宇宙へと飛び出した。

「ああああああぁぁぁぁぁぁぁぁぁぁぁぁぁぁぁぁぁぁぁぁあああああ！」

比企谷八幡、はじける　了

一瞬ののち、俺は地上に帰還した。

いま何かが「終わり」、また「はじまった」ように感じたが、気のせいだろうか。

となりでは恍惚の表情を浮かべた材木座が声をあげている。

「はちまああぁぁぁぁぁぁぁぁぁぁぁぁぁぁぁぁぁぁぁぁぁぁぁぁぁぁぁぁあああんんん！」

なんでコイツは俺の名前を叫んでるんだ？　あと、なんでアクセントが映画『セブン』の犯人が言う「刑事さぁぁぁぁん！」と同じなんだ？

声を出し尽くした材木座はその場にくずおれた。

「いま……我は世界の秘密に触れた……」

「ほう……おまえも到達したのか、あの『領域』に」

こんなゾクゾクするほどかっこいい会話をしていると、自転車置き場の向こうからなにやらガラの悪い声が聞こえてきた。

「見て、この子、男なのにスカート穿いてる。カワイイ〜」

「テニス部の子だよね、確か王子とか呼ばれてる」

「この下どうなってんの？　ちょっとお姉さんたちに見してみ？」

なんと三年生らしきギャルめの女子三人組が戸塚を取り囲み、あろうことかそのスカートをつかんでめくりあげようとしていた。

「や、やめてくださぁい……」

戸塚も抵抗するが、多勢に無勢、すこしずつ太腿が露出しつつある。

「ぬううっ……なんと卑劣なッ！」

材木座が歯噛みする。「助けに行きたいところだが……ここはひとまず事態の推移を見守ろう」

　それは一理ある。俺も事態の推移——具体的に言うと、めくられていくスカートの先にあるものが何なのか観察していたい。

　だが俺は戸塚と男の約束を交わしてしまっている。ここであいつの窮地を黙って見ていては男がすたるというものだ。

「うおおおおおッ！」

　俺は気合とともに自転車置き場裏から飛び出した。そのまま戸塚の方へと突進する。

「やめろォォォォォッ！　脱がすなら俺のパンツを脱がせぇぇぇぇぇいッ！」

　戸塚を囲む女子たちがこちらに目を向けた。

「うわっ！」

「何だアイツ!?」

「裸族がせめてきたぞっ」

　彼女たちは悲鳴をあげて逃げていった。俺の気迫に恐れをなしたのだろう。

　俺は戸塚に駆け寄った。

「だいじょうぶか？　あいつらに変なことされてないか？」

「う、うん……でも、なんで八幡(はちまん)まだ裸なの？」

「エデンの園で人は裸だった——俺が言えるのはそれだけだ」

最初の人類って名前何つったたっけな？　アダムとアダム？　やっぱ神様は何も禁止なんかしてないんだねヤッター！

下半身スカートの戸塚（とつか）、そして股間をイチジクの葉よりずっと機能的な布で覆（おお）っただけの姿である俺という異装の二人は無事に自転車置き場の裏へと帰還した。

変な笑顔を浮かべた材木座（ざいもくざ）が出迎える。

「実験は成功だな」

「ああ」

「いよいよだ。計画（プロジェクト）が動きだす」

「えっ？　ああ……」

いや、何勝手にプロジェクトとか呼んでんだよ、と思ったが、響きがめっちゃかっこいいのでよしとしよう。

「八幡（はちまん）、汗すごいね」

戸塚に言われて見ると、俺の体は汗に濡れていた。さっき思いきり走ったからだ。戸塚自身も女子たちに囲まれて動揺したせいか、額に汗を浮かべていた。甘い香りがむわぁっ♡　と漂ってくる。何食ったらこんないい匂いするようになるんだろう。ハチミツと花粉とか？　これもう蜂じゃん。ブ～ン、チクッ！　いまのは俺のハートが刺された音です♡

材木座はいつもどおり汗ビシャビシャのビシャ木座だ。毘沙門天（びしゃもんてん）みたいでかっこいいな。

男三人が汗まみれになっている。となると、行き着く先はひとつだろう。

「よ～し、おまえらスーパー銭湯おごるぞ～」

俺のことばに材木座がニヤリと笑う。

「そのおごりに風呂あがりのコーヒー牛乳は含まれるのだろうな？」

「もちろんだ」

「乾杯しよう、お主の男気に」

俺と材木座は固い握手を交わした。

「これ、何の集まりなの？」

戸塚が怪訝そうな顔をする。

俺と材木座は目を見合わせた。

「え～と……何の集まりだっけ」

「プロジェクト……とか言っていたような」

「あ～、そういやそうだった。そんじゃ、ま、やりますか」

「うむ。そうするか」

俺はスマホを取り出し、風のデータをチェックした。

「おっ、十五分後にいい風が吹きそうだ」

そこで、まずはチョロそうな由比ヶ浜を呼び出すことにした。

電話をかけると、彼女はすぐに出た。

『もしもし?』

「俺俺、比企谷だけど」

『どうしたの?』

「いま部室か?」

『そうだけど……』

「ちょっと廊下出れるか?」

『う、うん』

雪ノ下がいるところで秘密の会話なんてできそうもない。謎の力で即座に勘づかれそうだ。

電話の向こうで引き戸が開かれ、また閉まる。

『ヒッキー、あのね……あたし、昨日のことで話があって……』

「俺もおまえに話がある。いまから出てこれるか?」

『えっ……? いいけど……話って?』

「会って話そう。電話ですることじゃない。大事な話なんだ」

具体的に言うと「パンツ見～せて♡」ということなのだが、こんなこと電話じゃ話せない。

録音されて裁判の証拠とかになったら怖いし。

『だ、大事な話……? そう言われても、心の準備が……』

「え？　どういうこと？」

『ううん、何でもない。すぐ行くね』

俺は彼女に場所を伝え、電話を切った。

戸塚が身を寄せてくる。

「八幡、電話で誘い出すのうまいね。オレオレ詐欺の犯人みたい」

「え、そう？」

この小悪魔ちゃんたら、また俺に罪を着せようというの？　俺は神よりも戸塚を愛するという罪以外は犯してないよ？

「よし、由比ヶ浜が来るまで俺と戸塚はここで待機。材木座はダッシュで近くのＡＴＭへ――」

「八幡よ、友を出し子に使うのはよせ」

俺たちは自転車置き場の裏で腰を屈め、時が来るのを待った。

「ねえ、これ本当に何の集まりなの？」

戸塚の問いには、

「おまえは知らなくていい。アンド・ステイ・ウィズ・ミー……」

とうまいことごまかす。

やがて由比ヶ浜が指定の場所にやってきた。

彼女は一度周囲を見渡すと、鏡を取り出した。それをのぞきこんで明るい茶色の髪をいじり、ちょっとボタン開けすぎじゃないのって感じがするブラウスの襟を直し――そうやって五分ほど身だしなみを整え続けた。

材木座が俺に耳打ちする。

「ずいぶん念入りではないか」

「あんなもんだろ。うちの妹も毎朝あれくらいやってるぞ」

俺たちの会話を聞いて戸塚がくすっと笑う。

「会う相手にもよると思うよ」

「相手？」

材木座は俺を指差す。「相手はこの男だぞ」

「そうだぞ。俺だぞ」

「だ、だからじゃないのかなあ」

戸塚はほほえみを浮かべながら由比ヶ浜を見つめる。

どういうことなの？　マジ戸塚って宇宙の神秘。

データにある時刻が近づいてきた。

俺はスマホの時計を表示させ、カウントダウンを開始した。

「行くぞ……五……四……三……二……一……いまだ！」

が……風、吹かず……！

テニス部の打球音がポコンポコンと聞こえてくる。風はそよとも吹かず、スカートはひらりとも揺れず、もちろんパンツなど見えず、今日もこの地上から争いはなくならない。

「バカな……どうなってる……」

俺はこの世の不条理に怒りをおぼえつつ、何度もデータと時計を見くらべた。だがこの時刻に強い風が吹くことはまちがいないはずだった。

「も、もしや……」

思わず俺は自転車置き場裏から飛び出した。背後から「八幡（はちまん）、もどれッ！」と材木座の叫ぶ声が聞こえたが、すでに全力疾走に入ってしまっている。

爪先立ちになって踵（かかと）をあげさげするという謎の運動をくりかえしていた由比ヶ浜が俺に気づいた。

「ヒッキー、やっはろ――って、なんで裸⁉」

目を丸くしている彼女のとなりに立ち、周囲を見まわす。

「し、しまったァ――ッ！」

視線の先には、俺の計算を狂わせた元凶が群れを成していた。

「ウォーッス！　京成（けいせい）工業高校柔道部二十名、ただいま到着ッス！」

「同じく小湊（こみなと）学園高校柔道部三十名、お邪魔するッス！」

「チャーッス！　合同練習の会場はこちらッス！」

屈強な男たちの集団が視界を横切っていく。彼らを先導する、なんらかの芋に似た奴には見おぼえがあるような気もするが、遠すぎてよくわからない。

俺の計算どおりに風が吹かなかったのはあの連中が原因だ。奴らの発散する濃厚な男性ホルモンに風が引き寄せられたのだ。

風は気圧が高い方から低い方へと吹くが、同時に男性ホルモンの濃い方に向かっても吹く。毎年、台風が日本列島を北上するのも、日夜ジンギスカンを貪り食うことで体の表面から男性ホルモンを分泌する道産子たちに誘引されてのことである。一説には、元寇の際のいわゆる「神風」も元軍が発する男ホルが原因だという。

柔道部という慮外の因子によって俺の計画は破綻した。マジ嫌いだわ、柔道部って……。もう二度と関わりたくない。

「ヒッキー、何やってんの？　しかも裸だし」

由比ヶ浜が恐る恐るといった様子で寄ってくる。

まずいな……ここはなんとかごまかさなくては。

俺は自身の肉体を隠すどころか、かえって見せつけるように、腕をひろげて胸を張った。

「実は……いま流行りの男性ホルモン美容法というのを実践していたんだ」

「何それ!?」

何だと思う？　逆に俺が知りたい。

「それはな……空気中の男性ホルモンを全身に浴びることで、お肌スベスベ、体脂肪激減、快食快眠、悪霊退散、一攫千金という夢のメソッドだ。それを教えたくておまえを呼び出したんだ」

「へ～」

由比ヶ浜が迫ってくる。「確かにヒッキー肌きれいだね」

そう言って彼女は俺の胸に触れた。

「ひゃん……！」

冷たい指の感触に思わず声が出てしまう。

「ホントにスベスベ～」

由比ヶ浜が俺の肌を撫でおろし、また撫であげる。

「あっあっあっ……」

俺の内に官能の波が立つ。

やがてビッグウェーブがやってきて、それに乗った俺はあらたな高みへと旅立った。

「ああああああああああああああああああああああああああああああああああああああ！」

比企谷八幡、はじけてまざる　了

「ヒッキー、だいじょうぶ？」

由比ヶ浜に肩を叩かれ、俺は地上にリスポーンした。

「ふう……どうやら男性ホルモンの過剰摂取により、異常行動が引き起こされてしまったようだ」

「ダメじゃん、この美容法」

彼女は笑う。

こうして間近で見ると、肌きれいだなあ。嫉妬しちゃう！　先程の反動で体内の女性ホルモンが急増しているアタシ比企谷八幡子（ルビ省略）はキーッとなった。

「あ、あのねヒッキー、さっき電話で言ってたことなんだけど……」

由比ヶ浜が胸の前でもじもじ指を絡ませる。

「昨日のことがどうとかいうやつか」

「昨日あたし、ヒッキーにひどいこと言っちゃったなあって。チーバくんをそういう風な目で見るのって別に悪いことじゃないと思うから」

「その話か」

俺は頭を掻いた。「チーバくんのことなら、もういいんだ」

「そうなの？」

「だってチーバくんは千葉県の公式マスコットキャラクター、一方の俺はしがない高校生。とうてい釣りあわないふたりだったんだ」

「けっこうガチのやつだった!?」

「それにいま、気になる人がいるし」

「そ、そうなんだ……」

　由比ヶ浜は手をうしろに組む。「ちなみに、ちなみにだけど、その人はどういう人?」

「そうだな……最初に気になりだしたのは俺につきあってテニスしてくれたときなんだけど、いつもそうやって身近にいてくれて、俺がバカやってるのを見て笑ってくれる人なんだ。こうして裸になってたりしてもさ」

「たぶん……たぶんだけどね、その人もきっとヒッキーのこと気になってると思うよ」

　俺が答えると、由比ヶ浜の顔がみるみる真っ赤になっていった。

「そうかな」

　えっ、戸塚(とつか)って俺のこと好きなの?　やったあ!

「じゃあさっそく裸のつきあいに移行するわ」

「えっ!?」

　由比ヶ浜が大きな声をあげた。「それはちょっと……早すぎない?」

「なんで?」

「だって、あたしたち、まだ高校生だしさ」

「高校生ってダメなのか？　別にいいだろ」

高校生NGなんてルール、スーパー銭湯にあったかな……？　時間だって、朝から営業してるんだからいまから行って早すぎるってこともない。

ひょっとして由比ヶ浜って、スパ銭行ったことないのか？　だから変な誤解をしてるんだ。戸塚と裸のつきあいをして親睦を深めるついでだ。こいつも誘ってやろう。

「なあ、今日このあとヒマか？」

俺が尋ねると、由比ヶ浜は「ええっ⁉」とさらに大きな声をあげた。

「よかったら俺と――」

「いやいやいやいやいやいや、待って待って待って、まずいまずいそれはまずいって！」

彼女は盛大に首と手を振りながら走り去った。

何だアイツ……。ふつうあそこまでスパ銭に拒否感示すかね。背中にガッツリ墨でも入ってんのか？

俺は自転車置き場の裏へともどった。

「由比ヶ浜は情緒不安定なのかな。急に大声出したりして、ちょっと怖かった」

「『女心とオタクの推し』といえばコロコロかわるものの代名詞よ」

材木座がしたり顔で言う。

「ここから見てると八幡もかなり不安定だったけど」

戸塚は複雑な表情を浮かべていた。

それはともかく、こうなると残るターゲットは雪ノ下のみだ。俺にあの鉄壁スカートを攻略できるだろうか。あの完璧超人ぶりからして、スカートに触れただけで指二、三本持ってかれそうな怖さがある。

実際そういう「能力」と「宿命」をいにしえより受け継ぎし一族だったりしそうなんだよな、あそこんち。

とりあえず連絡してみることにした。戸塚の伝手をたどって電話番号をゲットする。

「もしもし――」

『あら比企谷くん、ちょうどよかったわ。ききたいことがあるの』

「えっ……？」

まさか、「一族」のことをさぐろうとしたのがバレてるのか……？　オ、オレ、何も知らねえ！　この番号にかければ十ペソやるって言われて……。

『由比ヶ浜さんの様子が変だったのだけど、何か知らない？　急に部室を出ていったと思ったら、まずいまずいと言いながらもどってきて、そのまま鞄を持って帰ってしまったの』

ほ、本当に何も知らねえ！　マリア様に誓って――ん？　オレこれ知ってる……。

「おそらく、なんらかのホルモン分泌異常だろうな」

『心配ね。医師を紹介しようかしら』

「まあ風呂入って一晩寝りゃ治るだろ」

『では明日まで様子を見ましょう』

由比ヶ浜の件はなんとかごまかせたようだ。

「それで、こっちの話なんだけど、いまから出てこれないか？」

わずかな沈黙があった。電話越しにイラッとしてるのが伝わってくる。

『意外と陳腐なのね。放課後に呼び出して告白だなんて』

「そんなんじゃねえよ。もっと大事な話だ」

『あら』

彼女の声の調子が柔らかくなった。『というと、昨日のあれよりもさらに常軌を逸したカミングアウトを聞かせてもらえるのかしら。俄然興味が出てきたわ』

マジかよ。意外とあれウケてたんだな。逃げ出してる場合じゃなかった。

「じゃあ、いまから言う場所に来てくれ」

例の地点を指示しておいて電話を切る。解放感から、自然とため息が漏れた。

「ククク……準備は整った。風の力であらわにしてやるぜ、雪ノ下のザ・スキャンティをな」

「ザ？」

戸塚が首をひねった。

雪ノ下はいつもどおり近寄りがたいオーラを放ちながら校舎から出てきた。

戸塚や由比ヶ浜が立ったのと同じ場所に立つ。

俺のいるところからはその横顔が見える。まっすぐな視線、風に揺れる長い黒髪、抜けるように白い肌。正しく青春ラブコメのヒロインって感じだ――あの辛辣な物言いさえなければ。

でもあれは「がなければ」なんて言って片づけてはいけないものなのだろう。子供の頃から人目を引く容姿だったために同性から疎んじられてきたという話を彼女から聞いたことがある。過去にタイムスリップして彼女を守ってあげられたら、ああはならなかったのだろうか。

でもそしたら、年上のおにいちゃんに守ってもらってるということで周囲の女子の嫉妬を集め、ますます嫌われそうだし、雪ノ下自身も、なぜか自分につきまとう目の腐った男子高校生に脅え、ついつい辛辣な物言いを――あ、これはもう逃れられぬ因果だわ。人類史をフランス革命あたりからリブートするしか道はない。そうなったらそうなったで「ムッシュ・ド・ゴリラ、パンがなければお菓子を食べればいいんじゃないかしら」とか言ってそう。

「八幡よ、風の時刻はまだか？」

材木座にきかれて俺はスマホを見た。

「二分後だ。その間に雪ノ下が帰ったりしなければ――」

「ねえ、あれ見てよ」

戸塚がテニスコートの方を指差した。

見ると、風が舞っていた。

いや「舞っていた」というのはお上品すぎる。正確には、ぐるぐる渦を巻くブレイクダンス状態だ。

木の葉や枝やテニス部員たちのタオルが巻きあげられる。茶色い土煙が地面から吹きあがり、空の青を濁らせる。あっという間にテニスコートが見えなくなってしまった。

「た、竜巻……!?」

材木座(ざいもくざ)が立ちあがる。「まさかこれもお主の力か……?」

「そんなわけねえだろ」

マジでコイツ俺のこと何だと思ってるんだ。

それにしても、何なんだよこの異常気象。地球どうなってんだよ。昨日、水樹奈々(みずきなな)座長公演呼ばわりしたから怒ってんのか?　でも座長公演でコマ劇やらサンプラザやらをいっぱいにできる大物歌手って他にボブ・ディランくらいしか知らんな。舞台で時代劇やってくれるかな、ディラン。

テニス部員たちが悲鳴をあげながら校舎の方へ逃げてくる。

雪ノ下(ゆきのした)は立っていた。立っているだけなのに、人の流れに逆らっているため、風に向かっていくもののように見えた。彼女の長い髪が風に暴れる。

「アイツなんで逃げないんだ」

俺は自転車置き場の柱をつかんだ。

「八幡……このままじゃ雪ノ下さんが……」

戸塚が声を震わせる。

竜巻はこちらに近づいてきている。直径十メートルほどに成長していてめっちゃ怖い。

俺が雪ノ下を助けに行くしかないのか……。彼女をあそこに呼び出したのは俺だ。パンツを見るとかいうくだらない目的のために。

「おまえら、危なくなったら校舎に入れ」

そう言い残して俺は駆けだした。飛んできた砂粒が体の正面にバシバシ当たる。息をするのもつらい。それなのに、雪ノ下は俺よりも竜巻に近いところで身じろぎもせず立っている——まるでそれに呑みこまれるのを望んでいるかのように。

「早く逃げろ！　竜巻がこっち来てんぞ！」

俺は彼女と並んで立った。

彼女は腕をかざして顔を守っていたが、俺に気づいて視線をよこした。

「ことばは正確にね」

「何？」

「竜巻は上空に積乱雲を伴うものよ。規模がもっと大きいし、天候も悪くなる。これは雲がないから、つむじ風ね。気象用語でいうと塵旋風。晴れた日に地表が温められて起こる現象よ」

「いまそれどっちでもよくない？」

「あなたはホワイトクリスマスという予報だったのに大雨が降ったとき、『どっちでもいい』で済ませられるの？　想像してごらんなさい。サンタクロースは濡れねずみ、ケーキの紙箱は湿気でベコベコ、ディスティニーランドは地獄絵図――」

「どっちでもよくない……そんなの悲しすぎる……」

何も言い返せなくなった俺を見て雪ノ下がわずかに頬を緩める。

「私がここを離れないのはね、あなたと約束したからよ」

「えっ？」

「あなたのようにいいかげんな人間とはちがって、私は約束をかならず守るの。ひとたびそこに行くと言ったのなら、どんなことがあろうとそこに行く。目的を果たすまでは決してその場所を離れない。それが私の生き方よ」

彼女の言っていることは正しい。約束は守るべきだ。

だが同時に息苦しい。その頑な生き方は見ている者をいたたまれなくさせる。

そして、彼女はうつくしい。

俺は風に向かって立つ彼女を自転車置き場から見ていて、うつくしいと思った。髪は乱れ、服はばたつき、土埃にまみれても、彼女はまっすぐに、おのれを疑うことなく立っていた。

俺はその姿に見とれた。

だが、そのうつくしさは危機を前にしなければ生じないものではないのか。渦巻く風の中に彼女が身を投げ出したとき、はじめてそのうつくしさは完成するのではないか。

だとしたら、俺はそれを見ていたくない。きっと、見ていられない。

「もっとも、あなたとの約束もあるのだけれど、つむじ風を間近で見るのがはじめてで興味深かったというのもあるわね。思わず見とれてしまったわ」

あと、コイツ変わり者だな。正直、俺といい勝負だろう。

「俺がいいかげんな奴だっていうなら――」

彼女に笑い返す。「そのいいかげんな奴との約束を守ってるおまえはいったい何なんだ？　ただのアホなんじゃないのか？」

俺のことばに彼女はわずかに視線をさまよわせた。

「それもそうね。ではいますぐここを離れましょう」

そう言って踵（きびす）を返し、早足で歩きだす。内心けっこうビビってたっぽい。

俺も風に背を向けた。口の中が砂だらけだ。

「ところで、あなたはなぜ裸なの？」

「いまごろ？　けっこう泳がせたな」

「さっき言っていたことだけれど、『ただのアホ』というのは撤回してもらえるかしら。やはりこんなところで裸になっているあなたの方が――あら、あれは……」

彼女の視線が俺から逸（そ）れていく。俺はそれを目で追った。

「おい、マジか……」

なんとそこには、つむじ風に向かって元気に走っていくかわいい子猫ちゃんの姿が（合成クソダサ足音）！

ホント動物ってバカだな。かわいいけど。俺、節目節目で危機に陥ってる動物に出くわしてる気がする。お祓いとか行った方がいいのかな。

「ダメよ、そっちに行っては！」

雪ノ下が子猫を追って駆けだそうとする。

俺はとっさにその手をつかんだ。俺の手の中で小さな手が柔らかく潰れる。

「行くな、雪ノ下！」

「放して！」

彼女はふりかえり、こちらをにらんでくる。

俺はその手を強く引いた。彼女の顔が間近に迫る。

「校舎に入れ。あの猫は俺が助ける」

「でもあなた、裸じゃない」

「ただの裸じゃないぞ」

俺は胸を張った。「この皮膚はあふれ出る男性ホルモンによって強化されている」

彼女はこのファニーなジョークに一切笑わなかった。それどころか、目を伏せ、唇を噛み、悔いるような、何かを耐え忍ぶような表情を浮かべる。

「バカね。いつもそうやって軽口ばかり……」

「ああ、バカだよ。おまえよりちょっとだけな」

まったく……最初に猫を助けに向かおうとしたバカはどこのどいつなんだよ。

雪ノ下は校舎の方へ小走りに駆けていった。それを見送った俺は子猫ちゃんを追って走りだした。

風が強くなってきて、飛んでくる砂粒が針で刺されたような痛みを肌に残していく。

「おーい、こっち来い。危ないぞ」

座りこんでるところに声をかけてみると、まずいことに子猫ちゃんは俺を一度見て、つむじ風の中心——天空の城でいうところの「竜の巣」へと飛びこんでいった。

コイツ……俺以上のバカだ。まあ猫なんて所詮ニートの上位互換でしかないからな。

この先に行くのは怖すぎる。だが行くしかない。

「うおおおおおおッ！　風精悪戯（オイレン・シルフィード）・最終章（ザ・ファイナル）！」

気合とともに俺は風の渦巻く中につっこんだ。

目の前が暗くなった。舞う砂が太陽の光を遮（さえぎ）っている。風の音で耳も塞（ふさ）がれる。息が苦しい。

肌の痛みは刃物で切りつけられるようなものにかわった。

足元に触れるものがあった。ゆっくりとしゃがみこみ、手の中にそれを包む。毛皮の下の小さな体が震（ふる）えている。

この猫はさっき俺から逃げたくせに、いまはすっかり俺に身をまかせている。心を許したのではないかもしれない。だがこの強い風の中では、心なんかより身を寄せあっている方がいい。

俺は猫に覆（おお）いかぶさるようにして体を丸めた。ほとんどの知覚は失われ、手の中のぬくもりだけが確かなものだった。

風がやんだのにはしばらく気づかなかった。耳は残響でおかしくなっているし、肌はヒリヒリ痛む。ただ周囲の明るさだけが感じ取れた。

俺は仰向けに寝転がり、手の中の子猫を胸に乗せた。あらためて見てみると、白くてきれいな猫だった。どこかの飼い猫だろうか。

「おまえ無事だったか？」

こちらの声に応えてか、猫は俺の顔を舐（な）めてきた。くすぐったいけど気持ちいい。

猫はいいよなあ。無職なのにかわいくて。俺、専業主夫になれなかったら猫になりたい。

「比企谷（ひきがや）くん！」

雪ノ下（ゆきのした）が駆けてくる。

彼女は俺のそばにしゃがみこみ、顔をのぞきこんできた。

「無茶するわね」

「でもコイツは助かった」

彼女の手に猫を乗せてやる。ややぎこちない手つきではあったが、彼女は猫を胸に抱き、その背中を撫でた。いつになく優しい顔になった彼女を俺は見つめた。

「なあ雪ノ下、さっきの約束ってまだ生きてるか？」

「ええ」

彼女は猫に頬を寄せながらうなずく。「大事な話というのをまだ聞かせてもらってないもの」

「ああ、それは――」

俺が言いかけたことばをかわいい声が遮った。

「はちま～ん、だいじょうぶ？」

見ると、戸塚が校舎の方から走ってくる。

猫もいいけど戸塚もいいなあ。俺、猫でも主夫でもいいから戸塚に飼われたい。

「はちま～ん、身を挺して猫を守るケモナーとしての心意気、しかと見届けた！」

材木座もドスドス地響き立てながらやってくる。コイツはガチの竜巻で虹の彼方に飛ばされてほしい。

これでもう俺の名を呼ぶ者は打ち止めだろうと思っていたら、「ミルクちゃん！」と呼びかけてくる女の声があったので、俺にミルクちゃんなんて二つ名か源氏名があったかしらとちょっと考えこんでしまった。

「ミルクちゃん、ここにいたのね」

その声を聞きつけて、子猫が雪ノ下の手から脱し、人妻風ムチムチ美女に跳びついた。彼女の穿（は）いてるジーンズはパツンパツンだ。こういう人ってストレッチデニムが開発される以前は何を穿いていたのだろうか。

「あなたがミルクちゃんを助けてくださったのですか？」

ミルクちゃんを胸に抱いたムチムチ美女（MILF）ちゃんが俺に尋ねてくる。

「ええ、まあ」

俺は体を起こした。

「ありがとうございます。お礼と言ってはなんですが、お着替えを用意しますので、ぜひうちにいらしてください。よろしければシャワーも。いま主人は出張中でおりませんので」

「ぬうっ……このシチュエーション、まちがいない……」

材木座がうめく。

俺は立ちあがり、体の埃（ほこり）を払った。

「せっかくですけど、俺、これから大事な人と大事な約束があるので」

「比企谷（ひきがや）くん……」

雪ノ下がこちらを見つめている。

俺は彼女にほほえみかけた。

そう、俺には約束がある。

「よ～し、おまえらスーパー銭湯行くぞ～！」

そう言って材木座（ざいもくざ）と戸塚（とつか）に駆け寄る。体中汗まみれ砂まみれで気持ち悪いから、早いとこ風呂に入ってさっぱりしたい。

「うむ。いまから湯あがりのコーヒー牛乳に備えて水分を摂らずにおこう」

「行こう行こう」

ふたりも乗り気だ。

「はじまるッ！　八幡（はちまん）男祭り！」

三人で肩を組んで歩きだそうとしたら、雪ノ下（ゆきのした）に追い越された。

「大事な話というのはまたの機会に聞かせてもらうわ」

ふりかえった彼女はいつもの冷めた表情にもどっていた。

「いつか言うよ」

俺がさっき言いかけたのは、とても陳腐（ちんぷ）なことだ。陳腐すぎて我（われ）ながら引いた。同じことを戸塚や猫やチーバくんに対してなら平気で言えるのにな——って三分の二が動物じゃん。戸塚も蜂みたいなもんだし。やっぱり俺はケモナーなのか？　しかも昆虫もいけるタイプ。

「いつか、ね。どうせいいかげんな約束でしょうけど」

去っていく彼女の背中を見ていた戸塚が悪戯（いたずら）っぽく笑った。

「八幡ってけっこうポンコツだよね」

「俺が？　そうかなあ……。ポンコツ……トンコツ……そういや、なんだか腹減ったな」

俺のことばに材木座が笑いだす。

「ならば風呂のあとで我がラーメンをおごってやろう。オススメの店があるのだ」

「そのおごりに替え玉は含まれるのか？」

「無論よ」

俺と材木座は固い握手を交わした。

やっぱ男の友情って最高だよな！

俺たちは男祭りの会場であるスーパー銭湯に向け、裸(ラ)ッセ裸(ラ)ー裸(ラ)ッセ裸(ラ)ーと勇壮な掛け声をかけながら練り歩いていった。


なお、雪ノ下が俺のそばにしゃがんだときチラッとパンツが見えたのは内緒だ。

了

# 将棋はとっても楽しいなあ!!!

さがら総
挿絵：ももこ

その日、雪乃がいつも通りに奉仕部の部室へ赴くと、いつも通りとは言いがたい光景が広がっていた。

見知らぬ男子がふたりも、部屋の中央に居座っているのだ。

ひとつの机をはさんで向かい合う形で椅子に腰かけ、なにやら難しい顔でうつむきがちに唸り合っている。

机を覗きこむと、そこにあるのは、日本で最もポピュラーなボードゲーム。

将棋だ。

「ここはいつから将棋部になったのかしら?」

雪乃が控えめな——少なくとも彼女の意識の上ではずいぶんと遠慮した——ため息をつくと、メガネをかけたほうの男子がぎょっとしたように仰け反った。

「あっ、あっ、あっ?」

すみませんだか、申し訳ありませんだか、ろくに聞こえやしない気弱な詫び声が部室の床にこぼれ落ちる。

「どうしたの？　全然聞こえないのだけれど。はっきり言って頂戴（ちょうだい）」

雪乃が優しく——少なくとも彼女の意識の上ではこれ以上ないほどに親切な声で——聞き返すと、メガネの男子はほとんど泣きそうな顔になった。

「——あっあっあっ！」

もうひとりの男子を残して、部室から逃げるように飛び出していく。

なにも取って食おうとしたわけでもないのに。

単純な問いかけでこれほど狼狽（ろうばい）するということは、質問者はよほど恐ろしい形相であったのだろう。もちろん雪乃自身は優しく控えめな微笑を浮かべていたのであるからして、論理的に考えると、メガネの彼が幻覚に陥っていた可能性しか考えられない。

将棋をすると幻覚が見える。痛ましいことだ。こんなゲームは法律で規制すべきだ。

雪乃は悲しく首を振ったのち、気を取り直すための咳払（せきばら）いをした。

「それで、あなたはどちら様？」

そもそもメガネの彼を問い質（ただ）すつもりはなかった。

もうひとりの見知らぬ男のほうが、いやにふてぶてしい顔で落ち着いているものだから、そのせいでつい嘆息が漏れてしまったのである。

すべては、部室に未（いま）だ居座り続ける、こちらの男の責任だ。

「彼のように逃げ出すつもりはないようだけれど。奉仕部に用事かしら？」

「……いや、は？」

雪乃の視線を浴びて、残った男は顔つき以上にふてぶてしい声を出した。

あたかもこの部室の主であるかのような態度だ。

そういえば当初から、メガネの男子に比べ、こちらは我が物顔で鎮座していたように思う。この地に将棋部を設立し、暴力で部室を乗っ取ろうとしている可能性しか考えられない。将棋をすると野蛮になる。恐ろしいことだ。こんなゲームは国連で規制すべきだ。

雪乃はふるふると首を振り、暴力的なボードゲームの恐怖に顔をうつむかせた。

そのまま男の上履きに視線を走らせ、あら、と声を出した。

「よく見たら、比企谷くんじゃない。今日は早いのね」

「……上履きに書いてある名前で、やっとこ本人確認するスタイルやめろ」

比企谷八幡がうんざりしたような顔で頬杖をつく。

「ごめんなさいね、あんまり印象に残したくない顔をしているものだから。次に会ったときはなるべく覚えておくように努力するわ」

「完全に初対面のやつを相手にしたときの態度じゃねぇか……」

「できればそうありたいものだと常々思っているわ」

「奇遇だな、俺も毎日願っているしなんなら今すぐそういうことにしてもいいまである」

八幡は憎まれ口をたたいた。

もう、高校二年となって数ヶ月が過ぎている。

奉仕部としてともに解決したいくつかの依頼はまだ記憶に新しい。八幡特有の腐った瞳は、不本意ながらそうそう簡単に忘れることもできない。

ゆえに、印象に残らない顔云々(うんぬん)はジョークの一種である。もちろん。

友人とのコミュニケーションとは、このような気の置けない冗談を交わすことで構成されているのであろう——と、雪乃は内心こっそりと思う。

もっとも、比企谷八幡は友人でもなんでもないから、具体例としてはまったくもって相応(ふさわ)しくないのだけれども。なんでこの人、私に馴(な)れ馴れしくしてくるのかしら?

「さておき、あなたいったい何をしていたの」

「見てわかるだろ、将棋だが。ユキペディアさんはご存じありませんか?」

「それは承知しているのだけれど」

雪乃は首を振って、机に置かれた将棋盤に指を添わせる。

「将棋という知的遊戯と、比企谷八幡という特殊な人間の組み合わせが、どうしても納得できなくて……ごめんなさい。私の凡庸な想像力ではあなたの反知性的な外見を補えないことが本当に心苦しいわ」

「真摯(しんし)な声で、俺の容姿を謝るなよ……」

八幡はげんなりした声を出した。

いつもそうだ。

雪乃が彼になにか話しかけるたび、八幡は必ずこんなふうにしかめ面をする。

あたかも、コミュニケーションと称してちょっかいをかけてくる友人以上恋人未満の女子を、どうにも面倒がるような態度である。

無論、比企谷八幡とは雪乃にとって知人以下人間未満の存在であるからして、面倒なのはこちらのほうなのだけれど。増長するのもいい加減にしなさい。

「あいつ、俺たちに依頼してきたんだよ」

八幡はぶっきらぼうな声で、メガネの男子が逃げていった廊下のほうを示した。

「依頼、ねえ……」

雪乃も視線を追って、今度は軽いため息をついた。

またぞろ、平塚先生にそそのかされた口だろうか。

数件の依頼を解決してからというもの、なんだか勘違いをされているようだ。奉仕部は開けば魔法の呪文が出てくる玉手箱ではないというのに。

「たまには、腐りかけのヒキガエルでもぴょこぴょこ飛び出すようにすれば、益体もない相談は減ってくれるのかしら……」

「言葉の意味はわからんが、俺になにかを期待するような目を向けるのはやめろ」

「だって今回はあなたが脅かしたせいで、依頼主が私に相談してもいないのに帰ってしまったじゃない」

「ナチュラルに記憶を改変するのやめてもらえます？　俺には普通に相談してくれてたのに、おまえの冷たい声と態度のせいで逃げちまったんですけど？」

「これ以上は水掛け論ね。そんなことより、相談内容を教えて頂戴（ちょうだい）」

「はあ……」

八幡は、天井を仰いだ。

話しても無駄だと悟ったのだろう。つまりは雪乃の正しさを認めた証拠だ。正直なところ、素直な八幡は嫌いではない。

まあ、まったく好きでもないが。あんまり勘違いしないでほしいわね。

「おまえ……いや、もういい……あのな、部活の雰囲気を変えてほしいんだと」

八幡は遠い目をして、つらつらと語りだした。

×　×　×

メガネの男子は、本物の将棋部員であったという。

総武（そうぶ）高校に将棋部なるものが存在していたこと自体、雪乃は知らなかったが、だいたいの学校において、将棋や囲碁といった類の部活は女子の視界に入らない特殊迷彩処理が付与されているものだ。さしたる問題ではない。

問題は、将棋部内にこそある。

「昨年までは、和気あいあいとした、穏やかな部活だったらしいんだが」

「うちの部みたいに、かしら?」

「……幻聴かな? 奉仕部みたいに、なんだって?」

「ああ、ごめんなさい。部外者に言う話じゃなかったわね。続けて?」

「立派な部内者なんだよなぁ……。ともかくその将棋部に、全国クラスの棋力の転校生が入ってきた。そいつがツテを頼って、若いころプロ棋士を目指していたという奨励会出身の顧問を呼んだ結果、部内の空気が一変したらしいんだな」

具体的には――

『高校竜王戦』という、高校将棋界随一の大会において、団体戦での全国出場を目標に掲げるようになった。

それまでなあなあだった気楽な文化部が、ガチンコの部活として生まれ変わったのだ。

毎日の部活動出席はもちろんのこと、朝練や昼練と称して詰将棋を何問も解いたり、休日もノルマのごとく棋書を読んだり将棋道場に通ったり――将棋への真剣な取り組みが自然と義務付けられていく。

「……上を目指すのは、悪いことばかりでもないでしょう。どこかの誰かさんみたいに、自分を卑下することで逆説的に自己肯定する人だけじゃなし」

「方法次第だな。どこかの誰かさんみたいに、他人を除け者扱いにすることで秩序を保つようなやり方をしなければ良かったんだが」

「良かった。比企谷くん、自分が排斥されていることはいちおう自覚していたのね」

「安心したわ。おまえが、他人を排除していることをきちんと自覚していて……」

将棋には、以前奉仕部員たちで遊んだ『大富豪』のようなトランプゲームとは、一線を画する点がひとつある。

いわゆる、『二人零和有限確定完全情報ゲーム』かどうかということだ。

将棋は勝敗を決める際に、一切、運が介在しないのだ。

盤上に現れるのは、順当な力量差のみ。

強いものが勝ち、弱いものが負ける。ただそれだけの、純粋で残酷な世界。

ゆえにこそ――

棋力の離れた弱い相手と遊んでも、強い人間が得るものはなにひとつないのである。

「最初こそ、皆で切磋琢磨しようとしていたらしいんだが。将棋は結局、実力だけが物を言う遊戯だ。やがて棋力が際立って上のやつらは、決まった相手としか将棋を指さなくなった。弱い部員は無視……どころじゃない。完全に『いないもの』として扱うようになったとか」

「比企谷くん向きの部活かもしれないわね」

「皮肉が火の玉ストレートなんだよな……」

雪乃の言にはすっかり慣れているのだろう、八幡はさして動じた様子も見えない態度で、手元の駒をぺちりと盤に打ちつけた。

「かくして、部内の交流は完全に断絶。棋力の低い部員は、だんだん部活に顔を見せなくなった。将棋が嫌いになったやつまでいるという。さっきの生徒は、そんな将棋部を憂いて、俺たちのところに来たんだ」

「……なるほど」

雪乃は頬に人差し指を当てて、考える仕種を取った。

「将棋ガチ勢の彼らも、それが全国大会出場のためには必要だと信じているのよね。高校生らしい目標のために、ある意味では『正しく』頑張っているのでしょう?」

「まぁ、そうなるな。依頼主も、それでなかなか声をあげられないと」

「でも、比企谷くんはその『正しさ』が気に入らない、だから依頼を引き受けてあげる気になった……と。そういうことになるのね」

雪乃の視線がちらりと走る。

少しの沈黙を置いて、八幡はあからさまに視線を逸らした。

「……まるで見てきたように物を言うな」

「見なくてもわかるわよ、それぐらい」

雪乃は肩をすくめた。八幡の近くにいれば、だれだってわかる。別に私だけがトクベツに彼を理解している――あるいは、理解したがっているというわけではない。断じてない。名誉棄損にもほどがある。早く謝って。

「ただ、障害になるのは……こういう問題というのは、一義的には部内の人間の手で解決すべきタスクということね」

雪乃の指摘に、八幡も顎（あご）を縦に動かした。

友人関係のいざこざに手を差し伸べるのとはわけが違う。

今回の依頼は、よその部活の根本的な在り方にかかわる案件だ。下手（へた）に口を挟んだら、今度は依頼主本人が部を辞める憂き目に遭わないとも限らない。

「手段は思いつかないでもないけれど……そのまえに、比企谷くん」

雪乃は机に置かれた将棋盤に指を伸ばす。

将棋部員の依頼主が、話の説明ついでに持ちこんだものだろう。こんなにしっかりとした駒に触れるのは初めてのことだ。持ち方すらもおぼつかない。

けれども、先ほどの八幡は、自分よりもいくらか手つきが堂に入っていたように思う。認めたくはないけれども、悔しいことに。

「あなたは、将棋ができるのね？」

「まあ、ぼちぼち」

「そうよね。チンパンジーが毛づくろいできるように、ゴリラがバナナを皮ごと食べられるように。どんな生き物にだってひとつぐらい取り柄があるもの。誇っていいわ」

「比較対象が人じゃねぇんだよな……」

苦笑いする八幡は、しかし、褒められて多少はうれしかったのだろう。

おもむろに咳払いして、将棋駒を指先にゆらゆらと摘んでみせる。

「いやしくも千葉に生まれ千葉で育っているのなら、将棋を指せて当たり前だぞ」

「どうして?」

「かの偉大な十三世名人、関根金次郎が千葉の出身だからな」

「……せきね、きんじろう?」

「三百年間の伝統だった名人制を改革して、将棋連盟を創設した『近代将棋の祖』だよ。関根一門から脈々と連なる系譜の棋士には、『棋界の太陽』十六世名人中原誠、『羽生を超えた男』十八世名人森内俊之、『史上最高』十九世名人羽生善治、老いてなお全盛期『ひふみん』こと加藤一二三、それから次代を担う『天才』の藤井聡太などなど、あげるだけでもキリがない。現代の将棋ブームは千葉のおかげと言っても過言じゃねぇな」

「……そこまで聞いていないのだけれど」

「もちろん千葉は今この瞬間も著名棋士を輩出し続けている。四十六歳で王位を奪取し初タイトル獲得最年長記録を四十六年ぶりに更新した木村一基、対局中の食事風景が話題を呼んで食品ＣＭにも出演した丸山忠久、順位戦無敗の藤井聡太に初黒星をつけて一年間足踏みさせた近藤誠也、三間飛車藤井システムという三間飛車党大歓喜の戦法で注目を浴びる佐藤和俊……、誰も彼もが千葉出身だ。この世全ての千葉人は大なり小なり将棋と縁を持つまである」

八幡は無限にしゃべりつづける。

正直、わりと真面目に厄介だと雪乃は思った。

将棋には人をおかしくさせるだけの、特別ななにかがあるのだろう。たとえば人間不信の高校生がちょっと褒められただけで延々と将棋トークをしてしまうように。たとえばなにかのアンソロジーに将棋話をぶちこむように。

将棋をすると見境がなくなる。おぞましいことだ。こんなゲームは小学館が規制すべきだ。

雪乃はため息をついて、静かに言う。

「比企谷くんは最近なんだか、ざい……材なんとかに似てきたようね」

「………」

苦い顔をした八幡が、一瞬で黙りこむ。

うるさいときにその名前を出せば、彼が静かになることを雪乃は学んでいる。材木なんとかとハサミは使いようである。

「まあ、あなたが将棋をそれなりに指せることはわかったわ。それならやりようがある」

雪乃は掌のなかの駒を将棋盤に戻した。どうやら今回の依頼では、自分の出番はないかもしれない。

「将棋部内の問題だと言われるなら、部内から声をあげればいい。そうでしょう？」

「……やっぱり、それしかねえかな」

八幡も雪乃と同じことを考えていたのだろう。ぴし、と今日一番の小気味いい音を立てて、駒を前に進める。

つまり——将棋部に実際に入るということだ。

総武高校では幸い、部活の掛け持ちは禁止されていない。運動部ほど、途中入部に厳しくもないだろう。

「目には目を、歯には歯を、猛毒には猛毒を、ね」

「ハンムラビ法典に余計なもの付け足す必要ある？」

「でも迷惑だから、目的を達成したら一刻も早く奉仕部に帰ってきなさい」

「……一刻も早く、ねえ」

比企谷八幡という稀代の毒をぶちこまれる将棋部を純粋に案じただけだというのに、ああ、なにを勘違いしたのだろうか。

八幡は皮肉げに笑った。

「さんざん部外者とか言っといて、なに、やっぱり部員として認めてくれるわけ」

「ば、馬鹿じゃないの？　勘違いしないでね、あなたのことなんか本当の本当に嫌いだから。

今すぐ惨めに哀れに死んで頂戴(ちょうだい)」

「ツンデレのふりして、ただの言葉の鈍器で殴ってくるのやめて？」

たまに反撃すると、すーぐこうなるんだよなぁ。

八幡がボヤく声を聞きながら、雪乃は小さく笑った。

なんだか口もとが緩(ゆる)むのがとめられなかったのである。

やはり友人との楽しいコミュニケーションとは、こういうものであろうと思う。

もっとも、別に楽しくなってなんかいないし、この男は先にも言ったように友人ではないのだから、まったくもって無関係なのだけれども。いい加減、関わりのない話に無理やり割りこんでくるのはやめて頂戴、比企谷くん。

×　×　×

翌日の放課後、雪乃がいつも通りに奉仕部の部室へ赴くと、いつも通りの光景が待っていた。

「……あなた、どうしてまだここにいるの」

八幡がひとり、部室にぽつねんと座ってスマホを眺めているのである。

将棋部に入部する話はどうなったのだろう。そうやって鳴りもしないスマホを見るふりをするのはやめなさい。可哀想(かわいそう)だから私がメッセージを送ってあげようかしら、と雪乃は思う。今生で徳を積んで、来世ではもう少し私も素直に生きられるようにするのだ。いえ、別に今が素直じゃないというわけではなくなくないのだけれども。

「俺も今日からあっちに顔を出すつもりだったんだけどな」

八幡は首を振って、手元のスマホから視線を雪乃に移した。

「おいそれと入部できるわけじゃなかった——試験が、あるんだとさ」

「……入部、試験？」

昼休みに入部届を出しに行ったら、試験日時は明後日だと一方的に決められ、改めて来るよう部長に告げられたと言うのだ。

「残念ね。せっかく厄介払いができたと思ったのに」

「本当に残念そうな声で言うなよ……」

考えてみれば、当たり前の話だ。

現状の部員を、ただ弱いという理由で『いないもの』扱いする人間たちが、新たに入ってこようとする者に対して制限をかけないわけがない。

「それで、試験の存在を知った比企谷くんは、すごすご引き下がって奉仕部に引きこもって……なにをしているのかしら」

雪乃はとてとて八幡に近寄り、傍らからスマホを覗きこんだ。熱心に見ていると思ったら、なんらかの動画を再生しているようだ。

「なんだよ、距離が近いな」

八幡がびくりと驚いたように仰け反るので、雪乃はむっとしてさらに顔を近づけた。

奉仕部内でいかがわしい動画でも見られていたら困る。この男の卑しい眼差しは、間違いなくそういうことをする獣のそれだ。早急にチェックしないといけない。中身とかジャンルとか傾向とか好みのタイプとか。黒髪ロングなのか茶髪セミロングなのか。毒舌クール系なのかおバカわんこ系なのか。どっちが好きなの比企谷くん。

「見せなさい」

「後でな」

「今すぐ見せなさい。事と次第によってはあなたをセクハラで訴えることになるのだから」

「なんでだよ、どこにハラスメント部分があるんだよ」

雪乃はじたばたと手を伸ばし、八幡の腕を自らの胸のなかにうにっと絡めとる。

「おい！　当たって……いや、当たるものがないな……」

なぜだか急に哀しそうな顔になる八幡の隙をついて、どうにかスマホの画面をこちらに向けさせることに成功する。

動画に映っているのは、黒髪ロングのクールな美少女……

ではなく、黒髪メガネの内気そうな少年たちの集団だ。

「……比企谷くんの趣味は変わっているわね」

「なんの話だ」

八幡はあきらめたようにスマホを机の上に置く。

「これ、例の依頼主からもらった動画だ。よその将棋部と対抗戦をしたときの」

「あ、そうなの。ふうん……」

雪乃は目尻をくしくしと擦って、よからぬ想像と少しの安堵を打ち消し、改めて真面目に動画を眺めなおした。

それは確かに、将棋部員たちの動画だ。

研究用に撮ったのだろう。盤面のみならず、苦しいときの姿勢や追いこまれたときの時間の使い方、あるいは自分の形勢判断が表情に表れてしまうかどうかまで、将棋を指している姿が事細かにチェックされている。……ようだ。

雪乃にはさっぱりわからなかった。

そもそも将棋という遊戯のことをこれっぽっちも知らないのだから、当然ではある。

「比企谷くんは、この動画で入部試験の対策をしているの?」

「まあ、そうだ」

八幡は軽くうなずいた。

「入部試験のメンバーは、団体戦の現レギュラー。全員もちろん段クラス、滅多にいない四段五段のアマ高段クラスもいるんだと」

「段……？」

雪乃は跳び箱の段を想像した。四段ぐらいならおそらく、小学生時代の私でも飛べたはずだ、ぜんぜん余裕だわ。

「よくわからないけれど、あなたならなんとかなるんじゃないのかしら」

「悪いが、俺の棋力は大したもんじゃない。初段だという依頼者に負けそうだったから、せいぜい２級３級レベルがいいところだろ」

「級……？」

雪乃は英語検定試験の級を想像した。２級といえば高校卒業程度。どうやら将棋大学を受験する資格はあるようね、比企谷くん。

「やっぱりよくわからないのだけれど。小学生の段より、高校生の級のほうが弱いということになるのかしら」

「……？」

八幡は一瞬、首をひねった。

「年齢は関係ないだろ。棋力は絶対だ。高段者ならとくにな」

「運動ができるほうが、英語の能力よりも、将棋には役立つということね」

「………？」

八幡は二重に、首をひねった。

「まぁ、トップレベルの対局でも最後は体力が物を言うらしいし……そうなるのかもな」

「比企谷くんが四段程度も乗り越えられないのなら、体操クラブに入ったらどうかしら？」

八幡は三たび、首をひねった。

「将棋の話だよな？」

「将棋の話でしょう、もちろん」

「……そうか……」

八幡は黙って考えこんでしまった。

積み重ねてきた人生経験のせいだろうか、彼には言葉の裏を読む習性がある。こんなにもまっすぐにしゃべっているときでも、会話に秘められた悪意や皮肉の匂いを嗅ぎ取ろうとして、ついつい身構えてしまうのだ。

あなたの悪い癖ね、と雪乃は思う。会話のテンポは人間の魅力のひとつである。私だから我慢できているけれど、他の人は間違いなく幻滅してしまうだろう。だから比企谷くんは女の子に人気がないのよ。よかった。

いずれにせよ――

「あなたは無駄なことはしない主義だったわね」

「ん？　まあ、そうかな」

「それでも、わざわざ対抗戦の動画を入手して、対局相手を観察している」

八幡がそうしているということは、体操クラブに通って跳び箱の訓練をする以上に大事なことが、この映像に詰まっているということだ。

「おそらくだけれど、将棋って、作戦にバリエーションがあるのよね。さんげんびしゃ？　がどうこう、意味わからないことを言っていたし。だからこの動画で対局相手の作戦を調べている、ということになるのかしら。とんちんかんなことを言っていたらごめんなさいね」

「いや、今のが一番まともな将棋談義だった」

八幡はあからさまにほっとした顔で言った。

「だが違う。このレベルになると、自分の得意戦法を何百時間と研究しているのが当たり前。付け焼き刃で対策したところで、返り討ちに遭うのがオチだ」

「それじゃ駄目ね」

雪乃は少しがっかりして言った。

「比企谷くんが負けるところなんて見たくもないのだけれど。人生で負けているのだから、せめて将棋ぐらい勝たないと哀れじゃない」

「励ますふりして殴らないでほしいんだよなぁ……え、てか、試験見に来るつもりなの？」

「見るわけないでしょう。将棋とかいうローカルマイナーゲームに時間を割くより、人生には有意義なことがたくさんあるのよ」

「話の前提からひっくり返そうとするのはやめろ、死にたくなる」

八幡は弱い言葉と裏腹、強い態度で組んだ足を揺らした。

「将棋はローカルでマイナーな遊戯かもしれないが、本質は人と人のコミュニケーションと同じだ。戦法の対策は無駄でも、わかることは山ほどある。たとえば」

顎で示すのは、画面の一番右端で指している少年だ。

一手指すごとに視線がきょろきょろ、となりの盤面を不安そうに窺っている。それで仲間と視線が合うと、へらっと愛想笑いして急いで自分の対局に向き直る。

「この落ち着きのなさ、周囲への気の配り方は、あいつに似ている」

「……だれ？」

「由比ケ浜結衣」

「そうかしら……」

曖昧な返事をする雪乃に構わず、八幡の指はどんどん先に動いていく。

由比ヶ浜（仮）のとなりの部員は、やや太っていた。指ぬきグローブを嵌めた掌で、これ見よがしに駒台から桂馬をつかみ取り、盤が割れんばかりに渾身の力で打ちつける。

「ご自慢の一手を指すこっちの男を見ろ。激しい駒音、うるさい咳払い、要らん高笑い、なにもかもがウザったいだろ。材木座義輝ってのは、この世界のどこにでもいるんだ」

「ええと、まあ、ううん……」

「お次は、この少年」

　材木座（仮）のさらにとなりの部員は、ずいぶんと小柄だった。

　仲間の駒音を案じるようにもじもじとしながら、自分の指し手はひどく慎み深い。対局相手と視線が合うと、上目遣いではにかむように笑った。

「そう、戸塚彩加だな。戸塚はもっと可愛いだろ馬鹿野郎、こんなやつは戸塚の足もとにも及ばない。舐めるんじゃねぇぞ」

「……えっと……」

　戸塚（仮）の向こうでは、イライラと貧乏ゆすりをしながら、荒っぽい手つきで駒を動かす部員がいる。材木座（仮）に向かって舌打ちを飛ばし、可及的速やかに静かにさせることに成功する。

「この女王様ぶった態度は、どう見ても三浦優美子だ」

「…………」

「ま、普通の男なんだけどな。現実の将棋部員は判で押したように、黒髪短髪メガネ揃いだ。あんまり夢を見たらダメだわ」

　八幡は冗談めかして笑った。

　雪乃は沈痛な沈黙をもって応える。夢を見る見ない以前に、八幡になにが見えているのかさっぱりわからない。全員、本人とは似ても似つかないのだけれど……。

　クラスメイトたちにあんまり無視され続けて、ついに赤の他人に人間関係を仮託するようになってしまったのだろうか。せめて自分だけでも、彼に優しく接すべきだったかも。

雪乃が生まれて初めて後悔しているうちに、

「よし」

と八幡は小さくつぶやいて、スマホの画面を暗くした。

「だいたい把握した」

「……ええと……」

なにを把握したの？　あなたが把握しなければいけないのは病院の診療時間のほうよ。

雪乃がおろおろと手を動かすのをどう勘違いしたものか、八幡はひどくニヒルな形に唇をゆがめて笑う。

「大丈夫だ、雪ノ下」

私は大丈夫だけど。あなたがちっとも大丈夫ではないのよ、比企谷くん。

「将棋には、運が絡まないと言われる。それは本当だけど、本当じゃない」

雪乃の労わる視線を無視して、八幡は続ける。

棋力は絶対だ。

しかしそれは、あくまで理論的な話だ。

もしも人間が機械であったなら、高校生の級位者は、小学生の段持ちに、ほぼ勝ち目がないだろうけど——

「実際の対局は、いくらでもやりようがあるんだな」

そう言って、八幡は皮肉げに笑った。

人が心配しているときに、あんまりカッコつけないでほしいのだけれど。他の人が見たら勘違いしてしまうかもしれない。

将棋部でおかしな振る舞いをしないよう、やっぱり私が見に行かないといけないようね。比企谷くんは腐っても部員だし。腐ってもというかすでに腐っているけれど、それでも。

雪乃はひとりで覚悟を固めた。

×　×　×

入部試験の日がやってきた。

奉仕部のある特別棟の四階から一階まで順番にめぐることしばし、雪乃はようやく将棋部の部室を発見することに成功した。

どうしてこんなにわかりにくいところにあるのかしら。もしも方向音痴の上に他人に道を聞くのが苦手な女子生徒がいたとしたら、何十分も無駄に彷徨(さまよ)ってしまうに違いない。いえ、方向音痴ではない私ですら、何十分も無駄に彷徨ってしまったのだから、きっとそれ以上の時間が費やされるはずね。方向音痴って可哀想(かわいそう)だわ。

雪乃は少しむしゃくしゃとした気分で、将棋部の扉を開く。

すでに試験は始まっているようだ。

部屋の片隅で、八幡と将棋部員のだれかが対局している。

それを囲むように、残りの部員が立ったり座ったりで観戦しているのだが。

「……なにかしら、この空気」

雪乃はきょとんと首をひねった。

部員たちが、どうしたわけか——殺気立っているように感じられる。

違和感の正体を探して瞬きしていると、最も扉の近くにいたメガネの男子が、狼狽したように立ち上がった。

「あっ、あっ、あっ！」

見学の方ですか、と言ったのやら、ようこそ将棋部へ、と言ったのやら。

不明瞭な言葉とともに、メガネ男子は急いで近づいてくる。どうやら雪乃が奉仕部員であることは理解しているようだ。

「……あっ、あっ、あっ……」

空いている椅子まで案内しながら、彼は縋るように目配せする。

どうか、僕が依頼したことは黙っていてください——。

「ありがとう、お邪魔するわね」

雪乃は微笑んで応えた。そもそも相手が誰だかよくわからなかったのだ。一般的な女子高生にとり、将棋部員は全員同じ見た目に見える。豆知識。

雪乃には、対局している八幡だけが、他のだれとも違って見える。

彼は盤上没我しているのだろう。こちらに気づく様子もない。いつも通り、腐りきったタイのお頭のような顔つきで、ふてぶてしく盤と向かい合っている。

プラスチックの盤のとなりには、謎めいたデジタル時計のようなものが置かれる。一手指すたび、八幡はクロックのボタンを押して相手側に表示された時間を削っているようだ。

「あれはなにかしら……」

雪乃の何気ないつぶやきに、

「あっ、あっ、あっ」

チェスクロック、大会でも使われる対局時計です、とメガネの男子がひそひそ囁いた。

持ち時間は十五分切れ負けです。千日手は時間引き継ぎの上で先後入れ替えての指し直し、持将棋は二十七点に満たない側の負け、同点の場合は先手負け、助言行為は即時負け、入部試験全五局の勝敗によって入部の可否を判断。

そういうレギュレーションなんです――とメガネの男子は将棋呪文を延々と唱えていたが、もちろん雪乃は聞いていなかった。

最も近い椅子に腰かけ、雪乃はただ、トクベツな対局者だけを見ている。

八幡の向かいにいる将棋部員は、動画のなかで『由比ヶ浜結衣』タイプだと八幡に称された相手だ。雪乃自身は区別がついていないのだけれど、ともかく。

その由比ヶ浜（仮）は、ひどく居心地が悪そうだった。

対局中にもかかわらず、きょろきょろと周囲を見回したり、あろうことか対局相手と目が合えば愛想笑いをする始末。

部室に漂う殺伐とした空気を、どうにか取りなそうとしているようにも感じる。

「……いったい、何があったのかしら」

雪乃が首を傾げて、

「あっ、あっ、あっ……」

今、入部試験の二局目なのですが、一局目に少々問題がありました――とメガネの男子が小声で答えた。

「比企谷くんは存在自体が問題児みたいなものだけれど、ここはちょっと異様ね」

「あっ、あっ、あっ」

そうかもしれません、彼は彼でいいところもあると思うんですが、その、今回はやり方が際どくて……と依頼者は声を潜めて八幡をかばった。

雪乃は驚いてメガネの男子を見る。この人、なんでさっきから私に勝手にひそひそ話しかけてくるのかしら？　比企谷くん以外と語る口は持ち合わせていないのだけれど。

「──おっと！」

そのとき、八幡が大きな声をあげた。

勝負手だったのだろう、力強く駒を打ちつけた瞬間、勢い余って相手陣の駒を弾き飛ばし、駒台ごと床に叩き落としてしまったのだ。

「悪い、悪い」

八幡は言葉だけで謝りながら、駒を拾いに行くこともせず。

「そっちの手番だな」

平然と、チェスクロックのボタンを押した。盤面はぐちゃぐちゃに乱されて、指しようもない状況なのは雪乃の目にすらも明らかなのに。

もう終盤だ。残り少ない相手の持ち時間が、みるみる減っていく。

ざわ、と周囲の将棋部員たちが色をなすのが、容易に感じ取れた。また一段と、殺気の濃度が上がっていく。

「……あっ、あっ、あっ」

これです、こういうやり方です……とメガネの男子がうつむいて言う。

一局目のときも、こういうダーティーなスタイルで相手の時間を切らして勝ちました。

マナー違反じゃないかと怒ったり、駒拾いを助けてやったりする部員もいましたけど、対局者に協力したおまえたちのほうが助言行為で一発アウトだと、レギュレーションまで逆手にとって、勝ちは勝ちだと勝ち誇って……。

「ふうん」

雪乃(ゆきの)は腕組みした。

道理で、かくも空気が悪くなったわけだ。

いかにも八幡(はちまん)らしい。言葉の裏を読むことにかけては、当代きっての才能の持ち主だ。細かいルールを定めなかった将棋部のほうに落ち度があると、彼なら堂々と言うだろう。

己の好感度すべてを犠牲にして。

もっとも、あなたの好感度なんて元からないようなものだから、実質ゼロ円のアタックチャンスでお得感あるものね。考えたわね、比企谷(ひきがや)くん。

「ま、まあまあ……平気だから、気にしないで」

由比ヶ浜(ゆいがはま)（仮）が、殺伐とした仲間たちをなだめるような愛想笑いをこぼした。

大丈夫大丈夫、と言いながら、大慌てで床に這(は)いつくばり、落ちた駒を拾い集める。

八幡の足もとに落ちている駒も、相手がまるで足をどかそうとしないものだから、ひどく苦労してどうにかかきあつめた。

「あはは、じゃあこっちの番かな……」

それでいて、文句のひとつも言わず、由比ヶ浜（仮）は困ったように笑うのみ。

空気を読むことに全スキルを振った由比ヶ浜（仮）にとって、もはや勝負どうこうより、この場をいかに収めるかのほうがよほど大事なのだろう。

まったく集中できていない態度ながらに、盤面を急いで並べ直し、駒台に戻した駒を適当なところに打ちつける。

その瞬間、

「はい、俺の勝ち」

八幡が言った。


「……え？」

一瞬の空白を置いて、由比ヶ浜（仮）が恐る恐る聞き返す。

八幡は今しがた、指されたばかりの駒を示した。

「数をかぞえてみろ。それ、五枚目の香車だから。反則勝ち」

「――え？」

同じ音の、しかして異なる一音を発して、由比ヶ浜（仮）は目を白黒させた。

雪乃も指折り数えて確かめる。盤の端にひとつ、上にひとつ、比企谷くんのところにふたつ、そして今打ったのがひとつ。なるほど確かに五枚ある。将棋というゲームはファイブカードを揃えたほうが負けなのかしら？　ポーカーとは若干ルールが違うのかもしれないわね。

「そ、そんなはずは……あ、ああ、さっきの!?」

由比ヶ浜（仮）はなにかに気づいたように、八幡の足もとを指さした。

「そんなところまで転がったんだって思ったけど！　これまさか、そっちが持ちこんだ駒!?　わざと床に落として、わからないように混ぜこんで……！」

「知らないな」

八幡は肩をすくめる。

「あっ、あっ、あっ！」

部員たちの怒号が響くなかで、メガネの男子が小さな声をあげた。

あれは昔の将棋道場では必ず見かけたという、となりの将棋盤からこっそり駒を取るおじさん戦法……それを相手に意図せずやらせて、反則負けを誘発したということですか？　こんなの対外戦でやったらトラブル必至だ、恐ろしいことを考えますね……。

まあなにを言っているのか、雪乃には相変わらずよくわからなかったのだけれども。

興味関心のある分野になると急に饒舌になる人っているわね。将棋とか好きそう。

× × ×

入部試験は続く。

先の結果を認めて良いものか、将棋部員たちは揉めに揉めていたが、由比ヶ浜（仮）が「反則は反則だから……」と困った笑いをこぼしたことで、渋々ながら受け入れられた。

なにより、

「ふはははは！　仲間がやられたか……しかし、我ら将棋五虎将のなかでもやつらは最弱……こんな男に負けるとは、将棋部員の面汚しよな！」

三人目の対局者が、ひどく乗り気だったのだ。

材木座（仮）タイプだと八幡は動画を見て言っていたが、雪乃にはやはり区別がつかない。でもそれっぽいなとは思った。

「くくく……忌み駒の操り手よ、我を先の者と同列と思うたら大間違いよ。この五虎将筆頭、振り穴将軍に卑劣な作戦など通用せぬ！」

指ぬきグローブを十字に構えて、材木座（仮）がかんらかんらと笑う。

「……あっ、あっ、あっ……」

実際の話、あの人たちぐらいの棋力になれば、持ち駒の数を錯覚するようなことはないはずです、とメガネの男子が言った。

さっきの対局者のように、よっぽど気が散っていなければ話は別ですが……今の対局者は、ちょっぴりうるさいかわりに、盤面に集中する力はたぶん部内で一番だと思います。

はたして、対局は材木座（仮）のペースで進んでいるようだった。

八幡はずいぶんまえから盤面をにらんだまま、なにやら苦悩するばかり。手番だというのに、まったく手が伸びてこない。駒弾き戦法どころではないようだ。

「我が飛角二刀流の前に臆したか？　いくら思索を巡らせたとて、鉄壁の四枚穴熊金剛城は崩れぬわ！　くわはははは！」

材木座（仮）が早くも勝鬨をあげている。どこの世界においても、材木座（仮）はやかましいものである。

雪乃は八幡の横顔をじいっと見た。将棋のことはわからないが、やはり劣勢なのだろうか。しきりに唸って頭をかきむしる様は、なんだかいつもの比企谷くんじゃないみたい。不自然でつまらないわね——

……いや？

あまりに不自然すぎて、雪乃は首をひねった。

よくよく見れば、八幡の唇がかすかにゆがんでいるではないか。ほかの誰にわからなくとも、雪乃にはわかる。いえ、そう言うと特別な絆があるようで恥ずかしい。比企谷くんはいつもそうやって私にホンモノの理解を求めてくるから困ったものだわ。

「さあ、さあ、どうしたどうした！　貴様の力はそんなものか！」

そういった機微には一切気づかず、ひたすら気分良さそうに材木座（仮）が高笑いする。

そしてふっと思い出したようにチェスクロックを見て、

「ぬああああ！」

愕然とした。

減っているのは、材木座の時間のほうだ。

「あっ、あっ、あっ……」

チェスクロックの押し忘れです、とメガネの男子がつぶやいた。あの人は盤面に集中するあまり、着手後に自分側のボタンを押すことをよく忘れてしまうんです。

でも、普通なら対局相手が教えてくれるんですけど。たまに、本当にたまに、時計が押されていないことをわかっていながら次の手を指さず、ひたすら相手の持ち時間を削ることに専念する人がいます……。

「ひ、卑劣なり小次郎！　尋常に決闘せぬとは！」

材木座（仮）は今さらに焦ってボタンを押したが、時すでに遅し。

盤面がどれほど優勢であっても、切れ負けルールであれば関係ない。

ひたすら引き延ばす手だけを選ぶ八幡をぎりぎりまで追いつめるも、喪った時間は取り返すことができず、

「はい、俺の勝ち」

時間切れを知らせるブザーが鳴った。

「つ、次の相手は、僕だよ。よろしくお願いします……」

四人目の戸塚（仮）は、ひどく緊張していた。

八幡が今度はなにをやってくるのか、考えすぎてしまっているように見える。

雪乃は首を振った。

駄目よ。この野蛮な男にそんな隙を見せたら、どんなふうに凌辱されるかなんて火を見るよりも明らかで——

「——はっくしょん！」

「ひっ！」

予想どおり、勝負は一瞬でついた。

戸塚（仮）が駒を持った瞬間に、八幡は巨大なくしゃみを爆発させたのだ。

びくりと震えた彼の手から、ぽとりと駒が落ちてしまう。それは意図したところとまったく違う方角に転がり、

「二歩だな。はい、俺の勝ち」

八幡は当たり前のように反則勝ちを宣言したのだ。

× × ×

「みんな、ごめんね……僕、あんな手を指すつもりじゃなかったのに……」

戸塚（仮）が唇を噛んで部員たちに謝っていた。

大きな瞳に大粒の涙が盛り上がって、ぐしぐしと泣きそうになる彼を、将棋部員たちがかわりばんこに慰めている。

きっと、戸塚（仮）はこちらの部内でもマスコットのような存在だったのだろう。

気にしなくていいよ、とか、あんなのマナー違反だよ、とか。

卑怯な手に負けた仲間にかける優しい言葉とひきかえに、部員たちが八幡をちらちらとにらむ。なるべく穏当な表現をすれば――侮蔑と憎悪をたぎらせているのだろう。四方八方から突き刺さる眼差しを、八幡は意にも介していない。

孤高に、超然と、針の筵にしっかりと座るのみ。

比企谷八幡という人間は、いつも、こんな世界で生きている。

自分がまちがっていることを知りながら、正しいだけの将棋部を正すため、正しくないやり方を進んで選択するのだ。

雪乃はひとり、ぼんやりする。それはなんだか――とっても純粋な生き方のように思えた。

理屈はわからないけれど、ぜったいに代わりたくもないけれど、なぜか。

「――くっだらない」

吐き捨てる声が、遠くより聞こえた。

戸塚（仮）を取り囲む部員たちが、恐れをなしたように道を開ける。

それは偏に、声の主が将棋部の絶対権力者ということを意味する。

「雑魚が傷舐め合ったって、負けは負けっしょ。でも、俺は認めないから」

三浦（仮）タイプだ。

団体戦主将にして、部内の空気を変えた女王蜂。……もちろん、男なのだけれども。別に、あーしとか言ってないのだけども。

比企谷くんのせいで、こっちの目と耳まで腐ってきたかもしれない。雪乃はぷんすかした。

私の身体を変えた責任、ちゃんと取ってほしいわ。

「俺に勝てたら部員として認める。でも、負けたら二度と敷居をまたぐなし」

三浦（仮）はとげとげしい声で言って、刃のような視線をついと雪乃のほうにも向けた。

「──あんたもね」

正確には、雪乃ではなく──

「あっ、あっ、あっ……」

となりのメガネの男子が突き刺されたように慄いた。

僕が彼を呼んだこと、バレていたのか。そんな。これからどうしたらいいんだろう。

こんなにぺちゃくちゃ雪乃に話しかけていたら、奉仕部との繋がりが疑われるのは当たり前である。いい加減、私が返事していないことに気づいてほしいのだけれど。

「ほら、とっとと並べろし」

駒を初期配置に戻すと、三浦はいきなり駒を高らかに持ち上げた。

挨拶もなく、合図もなく。

初手を盤に強打し、八幡側の駒をはるか遠くに弾き飛ばす。直後にとなりの机を引き倒し、まったく別の将棋盤の駒も床にぶちまけて混ぜこんでしまう。

そうしておいてチェスクロックを押し、時間を進める。

その卑怯な振る舞いは——まぎれもなく、八幡が部員相手にやったことだ。挑発をそのまま返しているのだ、三浦（仮）は。

惨状と化した盤を前に、八幡は首を振った。

「……なるほど、なるほどな」

「なにか文句ある？」

「いや？　あるわけがない。それでいい」

三浦（仮）が八幡をにらみ、八幡は唇をゆがめる形の笑いをつくった。

「あっ、あっ、あっ……！」

顔面蒼白のメガネの男子が、唇を震わせながらも解説役の務めを果たす。

先のメンバーも段クラスでしたけど、この人は別格です。アマ五段で、高校生の千葉県代表として全国大会で戦ったこともあります。僕レベルでは飛車角落ちでもボロ負けします。

雪乃は完全に聞き流していたが、千葉代表という響きだけは格好いいな、と思った。千葉代表はおしなべて格好いい。千葉代表にゃんことか、もう最高にファンタスティックに違いない。でもあいにく、それどころじゃないのだ。

猫よりも優先すべきことは、ごくたまにある。

たとえば――壮絶なたたき合いと化した、目の前の対局の観戦とか。

三浦（仮）は、負けん気が恐ろしく強いのだろう。

八幡が指した瞬間に、即座に指す。駒を弾き飛ばし、チェスクロックを引っぱたき、盤上でも盤外でも、八幡の卑劣な作戦と真っ向から殴り合っている。

目には目を、歯には歯を、そして猛毒には猛毒を。

「……あっ、あっ、あっ……」

ダメだ、とメガネの男子がつぶやいた。

棋力が段違いの相手に同じことをされたら、勝てるわけがない。

「――４五桂ね、４五桂」

おまけに八幡が駒を遠くに飛ばしても、間髪置かずに三浦（仮）は発声する。実際に着手できない場合、指で盤を示して指し手を口にすれば認められるのが公式ルール、らしい。

一方の八幡には、その芸当ができない。駒を盤に戻さなければ、脳内で次の手を考えることは難しい棋力だ。そのぶんだけ、三浦（仮）より時間は確実に不利になる。

三浦（仮）は確かに、八幡を殺すのに最適化された将棋を指している。

ばちん、ばちん。駒が飛び散り、チェスクロックが揺れるたびに、部員たちがどよめく。

あの異分子を追いつめろ。あの卑怯者を打ち破れ。

ばちん、ばちん。ボクシングのような打撃音が響くたびに、部員たちが拳を握る。

正しくないものを排除しろ。正しくなるまで仲間に入れるな。

雪乃には、将棋のことなどひとつもわからないけれど。

八幡が本当に、苦戦していることだけはわかった。

彼の身体が小刻みに揺れている。瞳が充血し、頬が真っ赤になっている。大勢に追い詰められて、たったひとりで戦っている。

負けろ、負けろ、負けろ。まちがっているものは負けてしまえ。

将棋部員たちの声にならない大合唱を聞きながら、圧倒的なアウェーのなかで。

「……比企谷くん」

雪乃は思わず、両手を強く握りしめていた。

たとえ世界のだれに疎まれていようとも。たとえ世界のだれにも望まれていなくとも。

私は、私ぐらいは、たまには素直に祈ってもいい。

比企谷くん。ひねくれていて、嫌われていて、それでも私の、私だけの、比企谷くん。

――がんばって。

そのとき、すべての音がやんだ。

×　×　×

対局が終わったのだ。

盤上を見ても、雪乃にはどちらが勝ったのかわからなかった。数をかぞえても、ファイブカードはできていない気がする。他にどういう決着があるのかしら。

慌ててきょろきょろと周囲を見回し、

「……？」

こてんと首をひねる。

周りの将棋部員たちもみんな、状況を理解しているようには見えなかったのだ。

ぽかんとしている一同のなかで、ただひとり。

「俺、指してないから」

八幡だけが、うっすら笑っている。

「……は？　なに？」

訝しげに聞き返す三浦（仮）の視線のまえで、八幡は一番端の歩兵をつかみあげた。

盤の端、升目より外に空打ちする。

「こうやって指すふりをして、チェスクロックもボタンの横をたたいただけ」

その仕種は、対局相手側からは、指した動作にしか見えないだろう。ただでさえ、時間勝負だと割り切って、ボクシングのラッシュみたいに殴り合っていた最中だ。

ゆえに三浦（仮）も即座に次の手を指したわけで――

「二手指しってことになるな。おまえの反則負け」

「――は!?」

「めでたく俺の入部は認められたってことだ。これからよろしくな」

三浦（仮）の顔が、怒りでどす黒く染まる。危険な色だ。

「あんた、どこまで！」

椅子を蹴倒し、八幡の胸倉をつかむ。だれにも止められない。止めるわけがない。部員たちはみな、三浦（仮）と同じ気持ちなのだから。駒増殖に時間切れに二歩に二手指し、卑怯な反則勝ちばかり狙われて、笑って受け入れるほうがおかしい。

感情的な拳が振りかざされたところで、

「はい、そこまで」

手をたたく音があった。

皆が反射的に戸口を見る。

いつから見学していたのだろう。そこには将棋部の顧問がいた。

スマートな長身に合ったスーツを適切に着こなした姿で、ゆっくりと部室の中央に進み出る。自然と注目を浴びる立ち居振る舞いができる人種だ。部員たちからも一目置かれているのか、三浦（仮）が急速におとなしくなる。

八幡に言わせれば、葉山隼人（仮）タイプということになるのだろう。その顧問は、もう一度、今度は勝者へ拍手を捧げるように手をたたいた。

「決着はついたよ。おしまいだ。実に面白い将棋だったね」

葉山（仮）は八幡を見つめて、まっすぐに微笑んだ。

「ヒキタニくんと言ったかな。君の棋力はノーチェックだったけど……今日のためによく鍛えてきたものだと思う。ヒキタニくんは強い。そしてもっと強くなれるだろう」

そして、すべてを承知しているように、メガネの部員を一瞥。

「でも、彼の言うとおりだったね。将棋とは、相手との対話なんだ。勝てば正義だけど、正義なら何をやってもいいわけじゃない。そういうことが言いたくて、ヒキタニくんを招くという勝負手を指したんだね」

「あっ、あっ、あっ」

「将棋指しは強くなければ生きていけない。でも、強いだけでは意味がない。俺の指導方針が、どうやら間違っていた。申し訳ない」

静かな声は、しんしんと部員たちのあいだに染み渡る。

だれもが瞳に涙を潤ませ、拳を握って、自然と葉山（仮）の周りに集まっていく。

一同を見回し、顧問はにっこりと笑った。

「俺たちはみんな、負けたんだ。だから、今ここから、もう一度やり直さないか」

「あっ、あっ、あっ……」

「だって――本当の将棋は、とっても楽しいものなのだから！」

だれからともなく、歓声があがる。

三浦（仮）が、戸塚（仮）が、材木座（仮）が、由比ヶ浜（仮）が、いっせいに葉山（仮）に抱きついて、わあわあ泣いたり笑ったり、謝ったり仲直りしたり。

清く正しく美しい、青春のすべてがそこにある。

五戦全勝した八幡のまわりには、だれもおらず。

「……帰るか」

八幡はいつものように、当たり前のように、ひとりで席から立ち上がった。

×　×　×

依頼人は、日を改めて丁重に今回のお礼を言ってきたという。どうか将棋部に入るのだけは勘弁してください、という部員一同の詫び状を携えて。

奉仕部の部室には、メガネの男子が置いていった将棋盤と駒だけが残された。せめてもの気持ち、ということらしい。

八幡はあれ以来、将棋に見向きもしない。

あんなにがんばっていたのに。……私のお祈り、叶えてくれたのに。

なんだか部室の机の片隅でほこりをかぶる盤がもったいなくて、ただそれだけの理由で、労いとか慰めとかそういう気持ちなんかぜんぜんちっともまったくないけれど、

「たまには一局、どうかしら」

雪乃は読書する手をやすめて、八幡をちらと見た。

「……おまえと？」

「嫌なら、別にいいのだけれど」

とくに理由も言わずに首を傾ぐと、八幡は視線を逸らした。

「……まぁ、いいか」

とくに理由も聞かずに浅くうなずき、駒を初期配置に並べ始める。

雪乃も見よう見まねで、ぶきっちょに駒を揃えた。歩兵のファイブカードは無効なのね？

「じゃあ、よろしくお願いします」

「ん」

丁寧に頭を下げて、その頭の上に短い返事を聞く。チェスクロックを探そうとはしていないから、今回は反則を誘うのではなく、きちんと指してくれるらしい。

雪乃がぼんやり待っていると、八幡は「俺から？」みたいな顔をした。そう、あなたからよ。

だって私、実は将棋のことをよく知らないもの。

知っているのは、八幡が先に言ったことだけ。

『将棋は結局、実力だけが物を言う遊戯だ』

弱い相手と指す意味はない。ルールもおぼつかない雪乃と指したところで、八幡が得るものはどこにもない。

であるなら、この時間はなんだろう。

私は単に思いつきだけれど、深い意味なんてさっぱりきっぱりありはしないのだけれど。

八幡はなにを想って、私と将棋を指してくれるのだろう。

「……ふふ」

雪乃は小さく首を振った。

考えても詮無いことね。私たちの青春はいつだってまちがっているものだから。

我知らず、やわらかな微笑みを浮かべながら。

雪乃は彼の指す手をずっと、ずうっと、待っている。

# 雪ノ下雪乃と比企谷八幡の、期せず生まれた初舞台

天津 向

挿絵：うかみ

俺、比企谷八幡は歩きながら頭を悩ませていた。その理由は先ほどまでいた職員室にさかのぼる。

職員室に行くとそこには平塚先生が俺を手招いていた。

「よく来たな」

「呼ばれればそりゃ来ますけど。まあ平塚先生の顔を見る限り、良い知らせではないことは分かっていますけど」

「そうか。そこまで分かっていれば話は早いな」

俺の最高級の皮肉も全く気にすることなく、平塚先生は机から一枚の紙を俺に渡す。そこには『地域お楽しみ会のお知らせ』という文字が書かれてあった。

「えっと……これは何ですか？」

「さすがの比企谷でもこれだけでは分からないか」

「当たり前ですよ。良くも悪くも俺を過大評価していますよ」

机に肘をかけてふうん、という顔をした平塚先生の真意を俺は汲み取れない。

「市がやっている地域の子供を集めたお楽しみ会があるんだが、そこで奉仕部の皆に、ある出し物をやって欲しいという依頼が来た」

なるほど。これは面倒くさそうな話だ。

「出し物ですか。それをなぜ俺たちがやらなきゃいけないんですか？　そういうのはプロがやってこそであって、素人がやると大やけどするのが定説ですよ」

「否定から入るな。最後まで聞け」

「その出し物ってのは人形劇とかですか。そういうのは由比ヶ浜とか得意そうですね。まあ雪ノ下も苦手じゃないか」

「うまいこと自分だけ回避しようとするな」

ううう。やっぱりバレてしまうか。こういう悪だくみをしていることに気付かれることが、良くも悪くも先ほど過大評価された結果なのかもしれない。

当の平塚先生は、お前の考えなどお見通しだと言わんばかりに顔色を変えることなく、こちらを見ている。

「それにやって欲しいというオーダーが来たのは人形劇ではない。やってもらいたいのは、お笑いライブとのことだ」

「……お笑いライブ？」

俺は怪訝な表情で聞き直す。いや、聞いたままの単語で意味が合っているとすると、今言われているものは、最悪の依頼になる。

「そう。漫才、コント、漫談、落語などでおなじみの、あのお笑いライブだ」

「なるほど。それなら奉仕部より、落語研究会などにお願いした方が良さそうですね。ということで俺はここで失礼します」

踵を返して職員室を出ていこうとする俺の腕が、強い力で摑まれる。

「比企谷。お前も知っているだろうが、うちの高校に落語研究会などは存在しない」

「あれ？　そうでしたっけ？　俺の知っている世界線では落語研究会、漫才研究部、コント部などがあったような気が」

「どれだけタイムリープしようが、この件は君たち奉仕部にお願いする旨は変わらない」

俺はその覚悟を聞いて肩を落として観念する。大きく息を吐いて振り向くと、その気持ちが分かったように平塚先生は少し口角を上げてこちらを見ていた。

「じゃあ、先生。この件に対して真っ正面から質問をしたいんですが」

「ああいいぞ」

「何故、この案件を奉仕部に持ってきたんですか！　なんですかお笑いライブって！　そんなのやったことないですよ！」

俺はこの件を聞いた時からあった疑問を口にする。しかし目の前の先生は涼し気な表情のままだ。

「お笑いをやったことないから向いていない、なんてことはないぞ」

　何だ、そのシュレーディンガー的な発想は。やってないから向いていないか向いているか分からない、というのはあまりにもナンセンスだ。

「それに前に比企谷、お前が言っていたじゃないか」

「俺が？」

「クラスで生徒がはしゃいでいるのを見て『ああいうのが自分のことおもしろいと思って漫才やってみてスベって終わるんだよな、ざまあw』って」

　……やばい。思い当たる節しかない。きっと戸部とかのことだ。俺はあいつらがはしゃいで楽しんでいる自分たちのことを、どこに出してても普遍的におもしろいと思っているのを不愉快に感じていた。

「そして今回の話を受けて『お笑い』というものを軽く調べてみたが、どうやら『お笑い』というものは明るい人間より暗い人間の方が向いているということじゃないか。ならば私の知っている暗い人間、そして陰湿な人間代表である比企谷率いる奉仕部にお願いしようと思ってな」

　暗い人間の方がお笑いが得意だ、という考えは一理あって、暗い人間は物事を斜めに見るからだ、と革新的に笑いを産み続けている芸人さんが言っていた。だからそれ自体は分かる。ただ陰湿というくだりは今全く関係ないのではないか。

「とにかく。奉仕部が何かしらのお笑いライブをやるということはもう伝えてある」

「事後相談かよ」

「お客さんは町内会の小学校低学年から中学年までの男女三十人ほどらしい。日にちは二週間後だ。それではよろしく頼んだぞ」

こうなると平塚先生は譲らない。仕方ないな。まあ、由比ヶ浜に相談してみるか。あいつならノリノリで『漫才！　いいね、やろうやろうー！』とか言ってくれるかもしれない。しかもその勢いで『ピンネタやるよー！』と言ってくれて俺の負担はなくなるかもしれない。うわ、マジでそうしてくれたら由比ヶ浜女神。マジ推します。

そんなことを考えながら職員室を出ようとすると、平塚先生が遠くから手を挙げる。

「そうだ！　奉仕部のお笑いライブが最悪だった、と言われてしまって将来のこの高校の生徒を減らすわけにはいかないから、何が何でもウケて帰ってこいよ！　以上だ」

最後の最後でとんでもないハードルが仕掛けられてしまった。

俺はそんな無茶ブリを受けてどうするか考えながら奉仕部の部室に向かう。きっと今のこの気持ちをそのまま他のメンバーに口頭で説明した方がいいだろうと思ったからだ。勢いよくドアを開けると、そこには携帯を触っていた由比ヶ浜がいた。

「あ、ヒッキー。やっはろー」

「おう。いつものように忙しそうに携帯を触っているな」

「そうなんだよねー。けっこうメールがたくさん来るターンに入っていて、と。ちょっと待ってもらっていいかな。メール来ちゃった」

両手でメールに返信をしている由比ヶ浜を見ると、リア充というのはコミュニケーションに時間が取られるものなのだなあと思う。俺は由比ヶ浜が座っている向かいの椅子に座り、友達との確認ごっこであろうメールのやり取りが落ち着くのを待つ。

「これで全部返したかな」

「大変だな、友人がたくさんいるというのも」

「それヒッキー皮肉で言ってるでしょ」

えらいもので付き合いが長くなると、俺の意図も汲み取ることが出来るようになるんだなと単純に感心する。

「ヒッキーには一生分からないだろうけど、あたしは本当に彼女たちと友達として楽しくやっているんだから」

「そうか。俺には無理だってだけだけどな。別に深く遊ぶわけでもないだろうに、ただただ『おはよー』だのメッセージを送り合っているだけの関係というのはな」

「考えすぎなんだよヒッキーは。現に今、今度ショッピングモールに遊びに行く約束をしていたところなんだから」

それを聞いて俺は尚更リア充というものに辟易とする。偶然同じ歳で偶然同じクラスだったというだけの人間と半強制的に仲良くならざるを得なくなり、わざわざ休日まで一緒に過ごさないといけないなんて苦行でしかない。前世で一体どんな罪を犯したらそうなるんだろう。俺は大きいため息を吐く。

「ヒッキー、何考えているか顔に出過ぎ」

ジト目でこちらを見る由比ヶ浜。

「そうか。じゃあ今俺が考えていることは何か分かるか？」

じっと由比ヶ浜の方を見る俺。その視線が耐えられなかったのか、由比ヶ浜は、すぐに顔を背ける。

「そんなに見つめるとか……」

「何だ？　そんなにこんな目付きの悪い人間に見つめられたくないということか」

「そんなこと言ってないし！」

頬を膨らませて否定する由比ヶ浜。そうか。それなら良かった。自分で言っておきながら本当に見つめられたくないと思われてたら、悲しくて仕方なかったところだ。

「まあ冗談はさておき。さっき平塚先生に頼まれてな。地域の子供に向けてのお楽しみ会でお笑いライブをやってくれという依頼が奉仕部に来た」

「え？　何それ。すごく楽しそうなんだけど」

やっぱり予想通り由比ヶ浜は食いついてくれた。

「そうだろう？　由比ヶ浜も好きな芸人さんの一人や二人いるよな」

「うん！　あたしはあの芸人が好き！　『あい、とぅいまてぇーん』って謝る人！」

思ったより渋いところが出てきたな。というかかなり昔の芸人さんだな。今も頑張っているとは聞いているが。

「まあ、そういう好きな芸人さんみたいなことが出来る貴重な場だ。もし良かったら由比ヶ浜やってみないか」

「いいね！　やりたい！　日にちはいつ？」

「二週間後の土曜だ」

「二週間後の土曜ね！　ということは、来月の頭……あっ」

今まで笑顔だった由比ヶ浜の表情が曇る。

「……ごめん、ちょっとその日は厳しいかも」

「どういうことだ？」

「先約があって」

由比ヶ浜は俺に携帯の画面を見せてくる。そこには
『じゃあ再来週の土曜、皆でそのショッピングモールで一緒に遊ぶこと決定ね！　前みたいに断るのは許さないから』

差出人には丁寧に『優美子』と書いてある。三浦優美子に違いないだろう。由比ヶ浜はへへ、と苦笑いをする。

「これは……絶対に行かないといけないやつか」

「当たり前だよ！　許さないって書いてあるでしょ」

「いや、書いてあるのは分かるんだが……これはお笑い的な『フリ』というやつではないのか」

「フリ？」

由比ヶ浜は首を傾げる。

「押すなよ押すなよ、と言っているということは、逆に押してくれという意味だと芸人さんがテレビで言っていた。それと同じ原理なのでは」

「違うに決まってるよ！　優美子にそういう芸人さん的な発想はないって！」

首をぶるんぶるんと振って否定する由比ヶ浜を見ると、あの三浦の性格が見て取れる。まあつまりはそういうことなのだろう。

「本当にさっきのメールのやり取りで遊ぶ日程が決まったから、バッドタイミングだね」

俺はこんな乗り気の人間がいるのにタイミングが合わないことに納得がいかないが、それも仕方ないということか。まあ冷静に考えると、由比ヶ浜は好きなお笑い芸人で『ですよ。』が出てくることや、『フリ』という言葉を分かっていないことを考えると、ネタをやってもスベり散らかしてしまうかもしれない。

「本当にごめん！」

目の前で手を合わせる由比ヶ浜。俺は別に大丈夫だ、と言ってから息を吸い覚悟を決める。

うん、ピンネタを作ろう。

×　×　×

由比ヶ浜と別れて奉仕部を出て家に帰り、部屋でノートを前にうんうんと唸りながらネタを考える。俺がピンネタを選んだ理由は一つ。由比ヶ浜が来られない。となると残すは雪ノ下だ。しかし雪ノ下がこの案件を引き受けるわけがない。なら俺がピンネタをやる。それが一番建設的な解決のはずだ。嫌だけど。本当は嫌なんだけど。むちゃくちゃ嫌なんだけど。

しかしノートに向かってから二時間以上経ったが、何も思いつかないことに驚く。え？　ネタってどうやって作るの？　おもしろいって何？　ネタ作っている芸人さんってもしかしてものすごい才能あるんじゃない？　本当に芸人さんって尊敬しか出来ないくらいすごい！

……なんて思ったところで、その尊敬できる芸人さんがネタを作ってくれるわけではない。

しかし、よく考えると披露するものは、俺が作ったネタである必要はないのではないか。相手は小学生だ。そんな小学生に見せるネタで『あ、あれ見たことあるぞ』などの考えになるだろうか。いや、なるわけがない。

よし。

パクろう。

そうと決まったら俺はパソコンで動画サイトにアクセスして、売れていないピン芸人のネタを探すことにした。おもしろくて、それでも高校生が作ったであろう荒々しさもあるというネタ……。

パソコンでネタを探していると一時間くらいで丁度良いネタが見つかった。どこぞの知らない芸人が『殴られ屋』としてわざわざ嫌なことを口にして殴られるというネタだ。これだ。これくらいなら嫌なことを言いそうな俺が考えたようなライン上のネタに感じるし、このネタのシステムも成立している。

俺はそのネタを何回も見ながら、台詞(せりふ)をノートに書き起こす。書き起こし終えてすぐに、ノートを見ながら練習を始める。

「俺は殴られ屋。いつでも殴ってきていいぜ。じゃあいくぞ……。お前の着ている服っていつもバザーでお母さんが買ってきたやつだよな？　バシッ」

動画のように殴られたリアクションを取る。うん、これはいいぞ。ウケそうだ。

それから俺は、とにかくこのネタを練習した。何回も何回も。

そしてネタの練習をしていけばいくほど心の中に生まれた疑問が大きくなっていく。

このネタ、ウケるのだろうか？

動画を見る限りウケていたのだが、やればやるほど本当におもしろいのかどうか分からなくなってくる。俺はこれをおもしろいと思っているが、そんな感性は俺しかもっていないのではないだろうか。妙な孤独感に苛(さいな)まれてくる。

「誰か見てくれたらいいんだけど」

かといって今からの時間見てくれる人なんて……。

いや。一人だけいるな。何を言われるか分からないけど、それでもこの不安を取り除くためにも一度ネタを見てもらった方がいいよな。

俺はそう思い部屋を出た。


「お兄ちゃん、そのネタ、小町(こまち)的には全然おもしろくないんだけど」

ネタを見た小町の第一声に心を折られる。

「いや、急に『ネタ見てくれ』って言われたから何を言ってるんだろう？　とお兄ちゃんの頭を疑っちゃったけど、やっぱり見ても疑っているもの。何これ、何かの罰ゲーム？」

「罰ゲームではないが、罰ゲームみたいなものだ」

「何言ってるか分からないけどさ。もうちょっと小学生に刺さるような内容の方がいいんじゃない？　というより、お兄ちゃん罰ゲームって言っているけど、これ見てる小町の方が罰ゲームだから」

自分が考えたネタではないとはいえ、ここまでぼろくそに言われてしまうと激しく落ち込んでしまう。芸人さんってこんな感じのヘイトに耐えているの？　こんな無責任なヘイトを相手しているなんて本当に芸人さんって尊敬しか以下略。

「まあ、お兄ちゃんが何でこんなことをやっているのかは分からないけど、もう少し楽しそうにやった方がいいかもよ。そんな仏頂面じゃなくね。そっちのほうが小町ポイント高いかも」

そう言う小町に、けっこう笑顔を意識してるんだけどなあ、とは言えなかった。


次の日の放課後、俺はネタをどうしたものかな、なんて思いながら奉仕部の部室に行くと、そこでは雪ノ下雪乃が本を読んで佇んでいた。

「お疲れ」

雪ノ下は俺の声に反応して顔を上げたが、何も言わず本に目線を戻す。

「無視はやめろよ。傷つくだろ」

「あらそう。無視くらいは慣れているものかと思ったけど」

「慣れていても、痛いものは痛いだろ」

雪ノ下は本を閉じてこちらを見る。今日も相変わらず涼しくて凛とした表情をしている。

「昨日は部室に来なかったな」

「ちょっと先生に頼まれごとをされたのでそっちに行っていたのよ。奉仕部としての活動だから別に問題ないわ」

「ふーん、そうか」

強い目でこちらを見る雪ノ下に気圧(けお)されて、つい目をそらす。

「由比ヶ浜(ゆいがはま)さんは？」

「なんか教室でクラスメートと喋(しゃべ)っていたな。話も盛り上がっていたっぽいし、こっちに来るのは遅れるかもな」

「そう。じゃあ由比ヶ浜さんがいない今の間が良いかもね」

そう言った雪ノ下に少しドキッとする。な、何のことだ？

「それじゃあ比企谷(ひきがや)くん」

「な、なんだよ」

静かに喋る雪ノ下が妙に大人っぽくて、心臓の音が高鳴る。

「ネタを見せて」

「……ネタ？」

雪ノ下の口から出てくるとは到底思わなかった言葉に、俺は驚く。

「ネタ、ってあのネタか？」

「そう。お笑いにおけるネタというものね。寿司におけるネタではないわ」

「わざわざご丁寧(ていねい)に説明ありがとう、じゃねえよ。なんでお前がネタをやるってことを知ってるんだよ」

「昨日先生の頼まれごとがあったと言ったでしょ」

雪ノ下がそう言ったことで、俺は合点がいく。

「その先生は平塚先生だったのか」

「そう。で、今回のお楽しみ会の話も聞いたの」

そうか。そこまで分かっているなら話は早いな。

「というか、ネタ見てもらえるのか。雪ノ下ってお笑いとか好きだったっけ」

「いえ別に好きではないわ。ほとんど見たこともないくらい。でも、どういうものをやるかは見ておきたいの」

完璧超人こと雪ノ下雪乃ゆえの好奇心というところか。

「まあ何にせよありがたい。俺も誰かにネタを見せて反応を見たいと思っていたところだ」

そう言うと俺は昨日の小町のことが少し頭によぎる。

「でも、まあシビアな目で見るより、おもしろいものという色眼鏡で見てくれたら助かる」

「そうね。今からおもしろいことをやって笑わせてくれるものね。大丈夫よ」

この女、知ってか知らずかハードルをガンガン上げてくるな……。まあいいだろう。そこまでハードルが上がったら逆に怖いものもない。

「じゃあちょっと見てもらうぞ。コント『殴られ屋』」

「……ということで、今日の殴られ屋の仕事おしまい。どうもありがとうございました」

俺がぺこりと頭を下げると、雪ノ下はぱちぱち、と少なく拍手をした。俺は顔を上げて額の汗をぬぐう。この汗は、暑いからではない冷や汗だった。

というのも、ネタ中全く雪ノ下の表情は変わることがなかったからだ。誰がどう見ても笑顔ではなかった。

よし、感想を聞くのはよそう。どうせ傷つくのが分かっているんだから、それはやめるべきだ。生きとし生けるものなら誰でも分かることだ。

「よし、じゃあネタも終わったし、俺は帰る――」

「おもしろかった」

「感想はいらないから……え？」

俺は、雪ノ下の感想が思ってもいない言葉だったために戸惑う。

「ちょっと待ってくれ。今おもしろかった、って言ったか？」

「ええ。おもしろかったと思うわ。少なくとも私は」

「本当か？」

俺は嬉しくなって大きな声を出してしまう。

「具体的にはどんなところがおもしろかった？」

「そうね。殴られ屋という設定は少し古めかなと思うけど、それにおいて殴らせる理由が相手をイライラさせていくという点のアイディアは良かったと思う。それにおいて殴られ屋が言ってくるフレーズもリアルな感じというか、皆が共感しやすいセリフだったのも好感が持てたわ」

うん、ネタを褒めるのに、そんなややこしい言い回しをしなきゃいけないものか。要はあるあるが良かった、ということだけだと思うんだがな。まあ、それにしても俺が作ったネタではないのだが、それでも褒められるということがこんなに嬉しいとは思わなかった。

「そこまで褒めてくれているのは嬉しいけど、お前の表情は全く笑ってなかったじゃないか」

「あらそうかしら。私は表情に出していたつもりだけど。まあ顔に出ていなくても、このネタをここまでしっかり考えて作ったということは評価してるわよ」

雪ノ下は淡々と説明する。そんな雪ノ下はおそらくお世辞なんて言うやつではない。そう考えるときっと本当におもしろいと思ってくれたのだろう。

「じゃあ他に何か思ったことはあるか？　具体的なネタへのダメ出しというか」

「ああ、そうね。うーん、見ていて思ったんだけど、若干説明が足りていないような気がするかしら。どういう状況でやっているか、とかをちゃんとリアクションと説明をしてくれる人がいたら、より早めに趣旨は伝わるんじゃないかしら」

またも難しい言い回しをする雪ノ下。俺はどういうことを言っているのか咀嚼しながら考える。

「つまりは……何か説明してくれる人がいてくれたらいいってことか？」

「そういう人がいてくれたら、ネタの説明は早そうね」

俺はそう言う雪ノ下に対して、一つの疑念というか、可能性を考える。もしかして、雪ノ下はこの提案を引き受けてくれるかもしれない。

「雪ノ下。一つ提案があるんだが」

「何？」

「もし良かったらこのお笑いライブに――」

「嫌よ」

「反応が早すぎる！　まだ全部聞いていないだろ！」

俺のテンションに対して溜息を吐く雪ノ下。

「あなたの言いそうなことなら分かるわよ。どうせ二人でお笑いライブのステージに立ってくれってことでしょ？」

「そうなんだ。相方として一緒に舞台に立ってくれないか」

「なんでそんなことを私がしなきゃいけないの。御免だわ」

雪ノ下はあたかも全ての会話が終わったかのようにまたも本を開けてページに目をやる。やばい。どうすればいい。

正直雪ノ下が言っていた意味はすごく分かる。俺もこのネタ動画を見た時にツッコミ役の人間がいた方が分かりやすいと思っていたのだ。ここまで練習したんだ。俺もネタで滑りたくない。雪ノ下がその役をやってくれたら一番いいと思ったんだが、どうするべきか……。

「そうかそうか。雪ノ下さんは目の前に困っている人がいても助けないんだ」

俺は分かりやすく雪ノ下を煽る。しかし雪ノ下は全くの無視を決め込んでいる。

「なんか意外だな。雪ノ下はもうちょっと目の前の人間を助けてやれる人だと思っていた。そうかそうか。解決策があるのに、それをやらないくらいの器の人間なんだ」

「……どういうことよ」

よし、ひっかかった。雪ノ下は強い。強いからこそ解決策があるにもかかわらずそれを選ばないなんてことをすることは出来ないはずだ。

「それにこれは俺だけの話ではない。この出し物を、子供たちが楽しみにしているはずなのにな。子供の気持ちを考えるとなあ」

わざとらしく肩を落とす。俺の演技が大根なんてことはどうでもいい。情報を与えることが大事だ。案の定、雪ノ下はいつのまにか本を閉じ、腕組みをしている。

「……なるほど。子供のためなら仕方ないわね。私も手伝う」

「本当か。ありがとう」

「でも、私はお笑いというものを全く知らないから、そのへんはそっちがなんとかしてよ」

「分かった。じゃあさっそく、俺が今からさっきのネタをやるから、ちょっとアドリブでツッコミを入れてくれ」

「ツッコミというのは否定、もしくは補足の役割ね。分かったわ」

だいぶ固い捉え方だが大丈夫か。いけるのか。しかしもう乗りかかった船だ。まあやってみるしかないだろう。

「コント『殴られ屋』」

「今から彼は、コントという一人で皆さんに笑いを届ける演技をします」

「いらっしゃい。ああ、うちは殴られ屋だよ」

「殴られ屋というのは、一回百円などで殴られることを仕事にしている人たちです。かといって本当に殴られるわけではなく、そのパンチをよけるのも有りというのがベースです。だから元ボクサーなどが行っていることが多いですね。その始まりはいつになるかというと――」

「長い長い長い！」

俺はしびれを切らせてしまい、雪ノ下の説明を止める。

「コントやるんだからそこまで殴られ屋の説明はいらないだろ」

「知らない人のために説明した方が優しいでしょ」

何故止めたの？　という顔をしている雪ノ下を見て、本気でそう思っていることが分かる。

そうか、それくらいお笑いというものを知らないんだな。

「そこまで説明しなくても分かるから大丈夫だ。じゃあ続き行くぞ。お前もコントに入ってくるんだ」

「この設定にね。分かった」

雪ノ下(ゆきのした)がイエスを出したのでコントを続ける。

「とにかく殴られるかどうかはあんた次第だ。やってみるかい？」

「そもそも橋の上でやっていますけど、警察に許可は取ったんですか？」

「え？」

俺は聞き返す。

「こういうのって警察から道路使用許可を取らないと本当は違法になると思うんですけど、そのあたりはちゃんと取られましたか？」

「いや、あの雪ノ下」

「あなたが法を犯して勝手に何かをやるのは別に問題ないのですが、周りを巻き込むのは良くないと思いますのでそのあたりだけ気をつけていただけたらと思います」

「もうやる前にボコボコにされたわ！」

俺は目いっぱい叫ぶ。

「コントの内容が全然変わってるわ！　殴られ屋にマウント取ってボコボコにするコントになってるわ！　何やってるんだよお前」

「私は当たり前のことを説明しただけよ。これがツッコミなんでしょ」

雪ノ下のそういう意味での箱入り感をこうもダイレクトに浴びるとは。俺は少しおもしろくなってきてしまった。

「こういうことじゃないの？」

不安そうに聞く雪ノ下にゆっくり首を振る俺。そもそもこのレベルでしかお笑いを知らない人間と何かをするなんて土台不可能だったのだ。

「大丈夫。もうお前に求めたのが失敗だった。これは俺一人でやる。ありがとうな」

亀に早く走れと言っても仕方ないように、馬に羽をはやして飛べと言っても仕方ないように、人には出来る出来ない、無理なことはあるのだ。それが雪ノ下にとってツッコミだったというだけだ。

「じゃあ俺は今日帰るから」

「……」

帰ろうとする俺を見ることなく、雪ノ下は下を向いていた。

次の日。授業も終わり、今日はそのまま家に帰ろうと荷物をまとめて教室を出ると、そこには雪ノ下雪乃(ゆきの)が立っていた。

「おお。どうした。由比ケ浜(ゆいがはま)に用事か？」

「違うわ。あなたに用があってやって来たのよ」

「俺に？」

「この後奉仕部の部室に来なさい。これは命令よ」

そう言うとスタスタと部室の方に歩いていく雪ノ下。……え？　何のことだよ。命令ってどういうことだよ。まあ……行くけどさ。

俺も雪ノ下の進んだ方向に歩いていく。そして奉仕部の部室のドアをあけると振り返り、仁王立ちで雪ノ下が立つ。

「とりあえず来たが、何だよ」

「ネタをやりなさい」

雪ノ下が答えた返事は、またも思ってなかったことだったので、俺は思考が追い付かなくなってくる。

「どういうことだ？」

「昨日のネタをもう一度やってみて」

「なんでなんだよ。その意味が分からない」

「いいから。やってみて」

どうやらこの頑固さ、ネタをやるのは強制イベントのようだ。仕方ない。俺は雪ノ下の目の前に立ち、一つ咳ばらいをする。もう一回やるのはウケにくいだろうしなあ。

「じゃあいくぞ。コント殴られ屋」

「殴られ屋とは、お金をもらって殴られる人たちです」

「いらっしゃい。俺は殴られ屋だ。お金をもらうが、それを殴れるかどうかはあんた次第だ。やってみるかい？」

「いいわね。丁度むしゃくしゃしていたところなの。やらせてもらうわ」

雪ノ下はゆっくりと歩き、俺の目の前に立つ。

「しかしあんたも、よく知らないやつを殴るのは気が引けるだろう。だから俺が殴りやすくなるような台詞を言うから、その後に殴ってみな」

「分かったわ」

「じゃあ行くぞ……。あれ？　その髪型、散髪失敗した？　してない、って？　いやいや失敗してるよ！　絶対に失敗してる！」

そこまで言って雪ノ下は大きくビンタしてくる。それがあまりにも本気だったから俺は避けるのに必死になる。

この感じでネタは続いていき俺はなんとかギリギリ平手打ちを避け続けて、無事ネタは終わる。俺は一つの驚きに気が取られすぎていた。というのも、ネタ中からずっと雪ノ下のツッコミスキルが上がっているからである。

「おいどういうことだ。昨日とうってかわってツッコミ上手くなっていたぞ。なんでだ？」

「帰って勉強したから。お笑いの」

よく見ると雪ノ下は少し目の下にクマがあった。

「ずっと動画サイトでいろんなネタを見て、ツッコミの仕方とか勉強したの。これで少しは上手くなった気がするんだけど」

「少しどころじゃないぞ。昨日までとは月とすっぽんだ」

そうだ。雪ノ下雪乃という人間は負けず嫌い中の負けず嫌いだった。昨日の最後に俺が言った。

『大丈夫。もうお前に求めたのが失敗だった。これは俺一人でやる』

この言葉がとてつもなく嫌だったのだろう。それにしても昨日の今日でここまでツッコミに照準を合わせてくるとは……さすが雪ノ下だ。

「雪ノ下、ここまでツッコミが上手くなっていれば即戦力だ。是非一緒に舞台に立ってほしい」

「当然よ」

雪ノ下は妙に誇らしい表情をしているように見えた。

「あ、そうだ。一つ比企谷くんに聞きたいことがあったんだけど」

「何だ?」

「一つ、この比企谷くんのやっているネタに酷似したネタを誰かがやっていたんだけど、あれは誰なの?」

ああ、この元ネタの人のネタを見たということか。

「あれはプロの芸人さんだよ。このネタもその人がやっているのをやらせてもらっているんだ」

「……え？」

明らかに顔に嫌悪感が出ている雪ノ下。

「このネタって比企谷くんのオリジナルではないの？」

「え？　ああ、それは違うよ。その人のネタをそのままやっているんだ」

「……知的財産を流用するなんて」

雪ノ下がわなわなと怒っている。

「いや、そういうことじゃなくて、お楽しみ会程度なら、別に同じネタでも問題ないかなと思って」

「子供を舐めないで。そんな子供だまし見破られるに決まっているわ。だからやるなら新ネタじゃないと」

その言葉を聞いて、なんで雪ノ下がここまでお笑いに熱くなっているのかが分からないのだが、明らかに何かのスイッチが入ってしまったことに気づく。

「明日までに新ネタ作ってきなさい！」

俺はとんでもないやつを誘ってしまったんじゃないかと後悔していた。

×　　×　　×

次の日の放課後。奉仕部のドアを開けると、そこには雪ノ下と由比ヶ浜結衣がいた。

「ヒッキー、やっはろー」

「おお、由比ヶ浜。今日は、来たんだな」

俺は少し皮肉めいた言い方をするが、由比ヶ浜はそんなことお構いなしという顔をしている。

「聞いたよ！　ゆきのんと漫才やるんでしょ！」

「ああ、漫才とは決まっていないが、ネタをやることになった」

「だからこれ持ってきたよ！」

由比ヶ浜が指差す方には、金色の大きい蝶ネクタイが二つあった。

「演劇部から借りてきたの！　これつけたら超本格的な漫才師っぽくない？」

今時こんな大きい蝶ネクタイをつけている芸人さんなんてほとんどいないだろう。なぜこの部室に来る女子は芸人に詳しくないのだろうか？　どっちかというと、芸人さんのおっかけをするのは女子が多いだろうに。

「これを使うかどうかは分からないが、由比ヶ浜、ありがとうな」

「えーっ!?　使わない可能性あるの？　せっかくだから使ってよ！」

「とは言うものの、こんな蝶ネクタイつけている芸人なんていないんだよ。あくまでイメージでしかないから」

「それでいいじゃない」

俺と由比ヶ浜の会話に、急に雪ノ下が参戦してきた。

「相手は子供なんだから、イメージを優先させた方がいいわ。だからこの蝶ネクタイはありがたく使わせてもらうわね」

「本当!? ゆきのん、ありがとう!」

雪ノ下の手を取り握手をする由比ヶ浜を横目に、俺は雪ノ下のお笑いの知識がどんどん上がっているように感じて恐怖を覚える。俺はもしかして、とんでもない相方をスカウトしてしまったのかもしれない。

「じゃあネタをやってみましょうか。新ネタは出来た?」

「ああ、なんとか作ってみた。ちょっと自信はないけどな」

「じゃあ台本見ながらでいいからやってみましょう。由比ヶ浜さん、ちょっと見てもらえる?」

「うん! 分かった!」

「だから畳の上で死ねたら本望ですもん」

「いいかげんにしなさい」

「「どうもありがとうございました」」

俺と雪ノ下は頭を深々と下げる。顔を上げると由比ヶ浜は、おー、という顔をしながら拍手をぱちぱちとしていた。

「由比ヶ浜さん、どうだった？」

「なんかすごく漫才をやっていたよ！」

「その感想は何なんだよ……」

語彙力のなさにツッコんでしまう。が、由比ヶ浜の反応は上々のはずだ。昨日どういうのがネタになるのかいろいろ試行錯誤しながら書いた努力が実ったみたいで単純に嬉しい。これで一週間後に近づいてきたお楽しみ会も、なんとかなるだろう。

「由比ヶ浜さんの反応が良くて何よりだわ」

「でもゆきのん、漫才師っぽい動き出来ていたよね」

「ええ。ものすごくお笑いの動画を見て勉強したから」

「むしろヒッキーの方が下手に見えたよ！」

マジか。俺けっこうお笑い好きなんですけど。昔から見てきたお笑いだから自信あったはずなのに、まさか二日だけ真剣にお笑いを勉強した雪ノ下に負けてしまうなんて。いや、そもそも雪ノ下はお笑いの才能を持っていたのかもしれない、なんて思うが、ここで俺と雪ノ下で競い合っても仕方がない。ネタはもう出来たし、それで問題ないはずだ。

「じゃあ次をやりましょう」

「そうだな……え？　次？」

　雪ノ下が言う次とは何だろう？　と思っていると雪ノ下は自分のカバンから二つの紙を取り出した。

「次は私が書いたネタをやりましょう」

「……えーっ！　お、お前もネタを書いたのか？」

「ええ。ネタを書くということが、どんなものかと思って」

　俺は雪ノ下のそのあくなき情熱に後ずさってしまう。こいつ、ネタの演技力を上げてきただけでなく、ネタも作ってくるなんて。なんていう能力だ。これが完璧超人か。

「じゃあもう一度観てもらえる？　由比ヶ浜さん」

「うん！」

　そうしてもう一度、雪ノ下バージョンのネタをやることになった。


「なら海に行ってもいいことないだろ」

「そういうことじゃないの。もういいわ」

「「どうもありがとうございました」」

　先ほどのように頭を下げる。そして顔を上げると由比ヶ浜はさっきの5倍以上の拍手をしながら椅子から立ち上がった。まさかのスタンディングオベーションだ。こんなところで見られるとは、と感心する。が、それもつかのま、あまりにも俺の時と比べ反応が良いことに納得がいかない。

「すごい！　これゆきのんが作ったの？　超おもしろかったんだけど！」

「一応ネタをたくさん見て、その傾向と対策を考えて作ってみたのだけど、そう言ってもらえてうれしいわ」

「本当にすごい！　さっきのと比べると天と……あっ」

由比ヶ浜は口をおさえる。俺はじろりと由比ヶ浜を睨む。

「いいぞ。言ったらいい。俺の作ったネタとは天と、何だ？」

「え、えーっと、テントを張って泊まり込みでもしたのかな、ってネタだね！　ははは」

苦し紛れにもほどがあるだろう。しかしその差には俺も薄々気付いている。俺が書いたネタもまあネタかな？　というレベルで書いていたつもりだったが、改めて雪ノ下が書いた台本を見ると違いがはっきりと分かる。

導入の部分のなめらかさ。ツッコミが綺麗に流れを進行していく。テーマも今風だし、きっちりとフリとボケが出来上がっている。そして序盤で何のことか分からなかったことを伏線として後半回収する。おそらく出来としてはかなりレベルの高いものになっているのではないだろうか。

「このネタはすごいぞ。これで本番は大丈夫だな」

「そ、そうかしら」

少し照れている雪ノ下。嬉しいのだろう、隠そうとしているが、口角が上がっている。

「これでお楽しみ会は大爆笑間違いなしだねー！」

由比ヶ浜が嬉しそうにガッツポーズを取った。俺と雪ノ下はそれを見て微笑(ほほえ)んだ。

あれから一週間が過ぎて、土曜日をむかえた。時刻は十二時半。俺たちは公民館のお楽しみ会のスタッフ控え室にいた。

もうすぐ出番である。自分でも緊張しているのが分かる。由比ヶ浜が演劇部から借りてきてくれた蝶ネクタイを触っては離し、触っては離し。

『子供も三十人くらいですかね？　あとは保護者の人が数名いる感じです』

お楽しみ会のスタッフさんに言われた言葉を考える。そうか。大人の人もいるよな、そりゃ。というか合わせたら四十人くらいいるのか。けっこう人がいることに気付くと、より緊張が高まる。

「もうすぐだな」

俺は自分の緊張を解くために雪ノ下に話しかける。だが雪ノ下は俺には返事せずに椅子(いす)に座ったまま、ぶつぶつと何かを言っている。

「……書店に本がないんです。書店に本がないんです」

どうやらネタを復習しているようだ。

それにしてもこの一週間、雪ノ下は鬼コーチのように練習を強いてきた。たった三分のネタだから大丈夫だろうと言っても、

『本番には魔物が棲んでいるのよ』

と練習を減らされることはなかった。というかなんでお前が本番に魔物が棲んでいることを知っているんだ。お前にとっても漫才で舞台に上がるのは初めてだろう。

まあ、慎重であることに問題はないだろう。だから今緊張してもネタを飛ばすということにはならないはずだ。

そう思っていると控え室のドアが開き、スタッフさんが顔を出す。

「もうすぐ出番になりますのでスタンバイお願いします」

「はい、分かりました」

返事をして静かに立ち上がり、控え室を出ていく雪ノ下。なんて頼もしいんだこいつは。俺も雪ノ下に倣い出ていこうとするが、その前に机の上にある大きい蝶ネクタイに気付く。

……あいつ忘れているじゃん！

そうは見えないけど、もしかしたら緊張しているのかもな。そう思うとあのクールな顔も可愛く見える。俺はあいつの分の蝶ネクタイも持って控え室を出た。

控え室から少し歩くと、お楽しみ会をやっている大きめの部屋の入り口がある。そこに雪ノ下とスタッフさんはいた。

「おい、蝶ネクタイ忘れているぞ」

「あ、ありがとう」

そう言うと雪ノ下はぶっきらぼうに取り上げた蝶ネクタイをつける。

『それではもうすぐお兄さんとお姉さんがお笑いライブをやりに来てくれるからねー。準備はいいー？』

「「はーい」」

大きな声で子供たちが返事をしているのが聞こえる。

「いよいよだな」

「そうね」

一週間何度も何度もネタ合わせをみっちりしてきたからか、妙にコンビとしての意識が出来てしまっているのは俺だけなのだろうか。雪ノ下が大丈夫という顔をしているなら大丈夫なのだろうとまで思っている。

「では、出番になります。よろしくお願いいたします」

「「はい」」

スタッフさんが目の前のドアを開ける。そこにはこっちを見ている子供たちがたくさんいた。

「どうもー！」

俺はその子供の視線がこっちに集まっているのを見ただけで頭が真っ白になりそうだった

が、そこをなんとかおさえてステージになる場所まで走っていく。

「どうもー、今日は漫才をやりに来ました。よろしくね」

雪ノ下は優しく語りかけて、それに合わせて皆も大きな返事をした。うん、良い感じじゃないか。

「ということでね、頑張っていきたいんですけど」

「あの、ちょっといいかしら、ひどい顔くん」

「ひどい顔ってどういう言い草だ。俺は比企谷だ、雪ノ下」

「私、幼稚園の先生というのをやってみたいの」

多少ドキドキしているが、漫才のテンポも崩れることなく進んでいる。よし、これならいけるはずだ。

「それなら今やってみるか」

「ありがとう。じゃあ私が幼稚園の先生をやるから、あなたは幼稚園をやって」

「幼稚園を!?」

なんとか動きで幼稚園を表わそうとする。

「いや、出来るわけないだろ！　なんで幼稚園やらせるんだ！　幼稚園の園児をやらせて！」

「えー、キモい」

「キモくない！」

ここは由比ヶ浜も大爆笑していたところだ。

だが、ここで一つ想定外のことが起こる。

ウケない。ウケていないのだ。いや、笑っている子もいるのだが、人数でいえば二、三人しか笑っていない。まずい。次だ、次。

「じゃあ僕が幼稚園の園児やるから」

「よーし、すみれ組の皆ー」

「はーい」

「返事が小さいぞ、すみれ組の皆ー」

「はーい」

「……すみれ組の皆ー」

「？　……はーい」

「す・み・れ・組・の・皆!!」

「怖いよ！　幼稚園児にそんなにプレッシャー与えないで！」

返事が小さいから何度も威圧的な態度で繰り返すというボケだ。これは俺も初めに台本を読んだ時にふき出したところだ。

しかし……ウケない。この場では滑っている。

やばい。何故だ。見ると雪ノ下も少し焦っているように見える。そしてその焦りからか、練習の時よりテンポが速くなっているように感じる。

目の前の子供たちは期待外れという顔をこちらに向けている。まずい。どうすればいい。

「あー」

子供の一人がこちらに背を向け、部屋を出ていこうとしたのをスタッフさんが止める。

「もうちょっと見ようねー。お兄ちゃんとお姉ちゃん頑張っているからねー」

そのスタッフさんの喋るスピードを見て、俺は気づく。スタッフさんはゆっくりと喋っている。そうだ。子供相手に喋る時はゆっくり話すことが多い。それはきっと子供のテンポに合わせているからだ。それなのに俺たちは大人向けのネタとテンポにしてしまったのだ。これはまずい。

「もうちょっと、ちゃんとやってくださいよー」

俺はゆっくり喋って雪ノ下にこの事実を伝えようとする。しか雪ノ下は『何よその遅いテンポは』と言わんばかりの顔をして、練習通りのスピードで話す。

ダメだ。それじゃあ子供に届かない。気付け。気付いてくれ。

その時、雪ノ下がすごく悲しそうな顔をした。

それは、自分がこの漫才をやってきた努力、時間などが無駄になってしまったということではなく、単純にこのお楽しみ会の出し物を楽しみにしていた目の前の子供たちに申し訳ないことをしてしまった、という自責の念だと思われる。

少なくとも俺はそう思った。

そうだよな。目の前の子供たちの期待を裏切るのはつらいよな。

その時、俺の頭の中に一つの起死回生のアイディアが浮かぶ。ただこれをすると、雪ノ下は俺の事をまた嫌いになるだろうな。

でも、それをしないのは雪ノ下のためにならない。そして子供たちのためにもならない。

俺は意を決する。

「じゃあ、比企谷くんは何を描いているのー？」

ネタは幼稚園でお絵かきをするくだりに入っていた。普段なら、ここでお母さんと答えたら雪ノ下が『あー、お母さんが韓流アイドルに手を振りながら楽しんでいるシーンだね』『いや細かいところまで描いているな』というのがネタだ。

「あれ？　比企谷くんは何を描いているの？」

テンポよく台詞が出てこなかったから俺が忘れているのかともう一度フッてくる雪ノ下。

「うん、僕が描いているのはねー……うんこ！」

「えっ!?」

思ってない言葉に雪ノ下は驚き二割、侮蔑八割の顔を向ける。そりゃそうだ。アドリブにしてもあまりにも意味が分からないだろう。だけど。

「「「ははははは」」」

その声がする方を雪ノ下が見る。子供たちが一斉に笑い出した。

そう。子供は下ネタが大好きなのだ。

かぶせるならとことんまでいく。

「ほら、これが僕のうんこ。そしてこれが田中くんのうんこ。これは佐藤くんのうんこ」

俺はとにかくうんこという単語を言い続ける。

なんともいえない表情をしてこっちを見ている雪ノ下と、笑い続ける子供たち。

「で、これはうんこがうんこをした絵だよ。すごい綺麗にうんこが並んでいるの！　これもうんこ、うんこ、うんこ、うんこ、うんこ……」

単語を言うたびに笑い声は大きくなっていく。子供は下ネタと、同じことをかぶせられるのが大好きなのだ。それは親戚の子供が何で笑っていたかを見ていた俺は知っている。

「うんこ、うんこ、うんこ、うんこ、これだけちんちん。先生、どう？」

大爆笑の中、雪ノ下を見てウインクをする。その合図に気付いたのか雪ノ下はため息を吐く。

「下品すぎるでしょ！　もういいわ」

そして礼をすると子供たちは大きな拍手をしてくれた。中にはまだ笑い転げている子もいたくらいだ。

「お兄ちゃんとお姉ちゃんにありがとうって言いましょう、せーの」

「「「ありがとうございました！」」」

その声を浴びながら俺たちは控え室に戻っていった。

「最悪の気分よ」

部屋に戻った雪ノ下の第一声は重いトーンだった。

「何を考えているの？　私の品性まで問われてしまうようなことを勝手にアドリブでやって」

「それはすまなかったよ。ただあれだけスベったらこうでもしなきゃ」

「あそこまではスベったかもだけど、あの後のボケでは、ウケていたかもしれない」

雪ノ下がそれを本心で言っているとは思わない。でもそう言いたいのだ。それくらいこのネタには本気で向きあったということなのだろう。

「でも、子供たちが笑顔で良かった」

「……それはそうかもね」

そう呟いて蝶ネクタイを取った雪ノ下の横顔は、何か安心したという顔で優しく思えた。

「さて、平塚先生にはどうやって伝えるかだな」

「それは比企谷くんが考えてよ。私はどう言えばいいか分からないし」

「うーん、まあむちゃくちゃウケたって言っておくよ」

「いやそんな風に言ってもし『そんなにウケたならうちの高校でもやってくれ』と言われたら」

「その時はそれ用にネタを変えるよ。うんこのところを排泄物に変えて」

「最低」

俺と雪ノ下のやり取りが、自然と漫才のテンポのようになっていたから、少しきょとんとした後に二人でふふ、と笑った。

# いつしか雪ノ下雪乃の髪は、あの日の風に揺れる。

水沢夢
挿絵：春日歩

雪ノ下雪乃が、「本当は依頼なんてないほうがいいのかもしれない」と口にしたのは、いつのことだっただろうか。

今、あらためてその言葉の重さを噛みしめている。

理由は単純。……依頼があると、忙しいからだ。

世界的スナイパーのデューク東郷は、受けた依頼を複数同時にこなすことで年間一〇〇件以上の仕事を遂行していると言われている。

つまりはAの依頼の待機時間や移動時間などに、別の仕事Bを進めているというわけだ。いや、さらに平行してCやDの下準備も進めてようやく、という件数だろう。

さて、裏社会の重鎮や各国の大統領までもが一目置く超人なればこそ、そこまでの完璧なマルチタスクをこなせるのだろうが……これがごく普通の高校生ならばそうはいかない。

高校生にマルチタスクなど求めてはいけません。むしろノータスクを望むのが当然でありましょう。

俺、比企谷八幡が所属する奉仕部は、ここ数日妙に忙しかった。普段は滅多に来客もなくのんびりとしたものだというのに、件のスナイパーよろしく、複数の相談を並行して解決しなければいけない憂き目に見舞われていたのだ。

その大きな原因は、顧問の平塚先生によって唐突に導入されたお悩み相談メールだ。

相変わらずどこで募集をかけているかは謎だが、奉仕部の部室に直接やって来るよりも気軽に悩みを吐露できるこのメールシステムのおかげで、これまでもたびたび依頼がかぶることがあった。

それがこの数日は運悪く、パンケーキかよってぐらい次々に複数の依頼が重なった。

結果、あっちへ行ったりこっちを回ったりと、俺たちのスケジュールは完全に破綻してしまったというわけだ。

そろそろ並行世界が形成されてしまった可能性もある。あれら諸々の依頼は多分、別世界の比企谷八幡が何とかしてくれたことだろう……。

そんな苦行を乗り越え、今日は久々に凪のように穏やかな放課後を迎えられた。

森閑とした奉仕部部室で、俺と雪ノ下は読書をし、由比ヶ浜はスマホをマホマホ操作している。最近頻繁に出入りしていた一色は、今日は来ないようだ。

さすがに今日は、パソコンは起動しない。相談メールが来ていたとしても、それを目にしなければ存在していないのと同じなのだ。

「ふう……」

雪ノ下は大きく息を落とすと、文庫本を机の上へ。それから、凝り具合を確かめるように肩を手でさすっていた。

「疲れてんなら、もう今日の部活はお開きにしないか」

「お気遣いありがとう。けれど私は大丈夫よ、ヒートテックくん」

「もはやヒしか合ってねえ……」

ヒだけありゃいいってんなら、巡り巡ってＴｗｉｔｔｅｒくんと呼ばれる可能性だって出てくるじゃねえか。

べ、別に雪ノ下を気遣ったわけじゃないんだからね。マジでかったるくて早く帰りたかっただけなんだからね。勘違いしないでよね！

……近代日本においてこのテンプレが廃れてきているのが少し寂しい。寂しいよね？

「お疲れだね～ゆきのん！　肩揉んであげるよ！」

由比ヶ浜は、元気に立ち上がって雪ノ下の席の後ろへと回り込んだ。

「大丈夫よ由比ヶ浜さん……私は疲れていないわ」

雪ノ下は明らかに強がっている。こいつもかなりハードな数日を過ごしたのを、俺は知っているからだ。

俺は虚勢を張りません、お疲れだからな。昨日なんて、俺一人で一五通にも及ぶ相談メール

に パソコンで返信を打ったんだぞ。奉仕部からの回答はアベレージ二行で収めたとはいえ、腱鞘炎になっていないのが不思議なくらいだ。

由比ヶ浜は構わずに雪ノ下の肩に手を添え、大袈裟に驚いた。

「おー、これは！　けっこう凝ってるよ～！」

体重を乗せるためか、前屈みになる由比ヶ浜。

雪ノ下は観念したようで、由比ヶ浜の指使いに身を委ねている。

チラ見した感じ、雪ノ下の全身は微動だにしていない。体重を乗せてなお、由比ヶ浜の力が弱すぎるのだろう。あれでは、何のマッサージ効果もなさそうだ。

「どう、ゆきのん？　効いてる～？」

「ええ、とてもいい気持ちだわ。ありがとう」

それでも友人が肩を揉んでくれていることが嬉しいのか、雪ノ下は微笑を浮かべながら礼を言っていた。

「あれ」

不意に、由比ヶ浜が肩を揉む手を止める。

雪ノ下の後頭部に顔を近づけ、むむ、と唸る。髪をくんかくんかしているのかと思ったが、どうも違うようだ。

「あ、やっぱり。ゆきのん白髪ある」

由比ヶ浜は白髪を発見したらしく、器用に一本だけ摘み上げてみせた。

長さが腰まである雪ノ下の髪なら、摘んだ髪の毛を本人の顔の前まで持っていって確認させるのも容易だ。それを見た雪ノ下は、

「……本当ね」

反応に困っているようだ。そりゃ、「わあ、見つけてくれてありがとう！　ゆきのん、ハピハピのハピだよ〜！」とか口走るはずもないが。

由比ヶ浜はえへへ、と笑いながら雪ノ下に伺いを立てる。

「ねえねえ、抜いていいよね？」

「……好きにして」

白髪の命運を託された由比ヶ浜は、慎重かつ大胆に、一気に引き抜いた。

「えいっ」

「んっ……」

ぴくりと肩を震わせ、小さく声を漏らす雪ノ下。

その声に色気のようなものを感じてしまい、俺はバツが悪くなって明後日の方を見やる。

由比ヶ浜は敵将討ち取ったりとばかりに、御首よろしく白髪を天高く掲げる。

「ゆきのんは白髪も綺麗だね〜」

確かに。部室の白色灯に照らされ、一本の白髪は絹糸もかくやと煌めいていた。

「ありがとう由比ヶ浜さん。肩、大分楽になったわ」

ふう、と息をつくと、雪ノ下は読書を再開する。

礼を言われた後もなお雪ノ下の背後に立っている由比ヶ浜が、より真剣さを帯びた声で言った。

「あ、白髪もう一本あった」

「え……？」

雪ノ下は手にしていた文庫本を落としそうになり、手の平で何度かバウンドさせる。

「こっちも抜いておくね」

すぐさま二本目の白髪を抜く由比ヶ浜。

しかし。二度あることは……の言葉通り。

「……あれ、もう一本」

由比ヶ浜のゴッドハンドが三本目の白髪を探し当て、ただちに引き抜いた瞬間。とうとう雪ノ下は、ぎょっとして身体(からだ)ごと振り返っていた。

「──ち、ちょっと待ってくれるかしら、由比ヶ浜さん。それは本当に白髪？　光の加減でそう見えているだけという可能性もあるわ」

努めて落ち着いた態度で諭すが、動揺は隠しきれていない。

「ううん、ほら、白髪だよ。あたし、小さい頃よくパパに白髪抜いてって頼まれたから、白髪見つけるの得意だもん」

　お前、そこは「ホントだ勘違いだった、てへっ☆」って引き下がればいいだろうに。由比ヶ浜も普段は空気の読める方だが、過去に白髪ハンターだったという習性が、冷静な判断力を失わせているのだろうか。

　もっとも、さすがに雪ノ下もこれ以上は勘弁願いたいようだ。

「ありがたいのだけれど、もう結構よ。白髪は抜けば増えるという俗説は現代では否定されているけど、一度にたくさん髪の毛を抜いたら頭皮に負担がかかるでしょう？」

「負担かかるの？　……そっか、だからパパは……」

　やおら虚空を見つめ、寂しげに眼を細める由比ヶ浜。

　え、ちょっと君んとこのパパンどうなったの。白髪を大量に抜いて頭皮に負担をかけた結果、どうなったの。

「ゆきのん、まだ白髪ありそうなんだよね……」

　由比ヶ浜は変な使命感に目覚めているのか、白髪の収穫を再開しようとしている。

　さすがに気の毒になってきたので、俺はさりげなく口を挟む。

「その辺にしとけって。雪ノ下の髪の毛でバイオリンでも作るつもりか。キリがないだろ」

　自分で言っておいて、言い得て妙だなと感じた。雪ノ下の髪を弦としたバイオリンか。さぞかし悪魔的な美しい音色が響くのだろうねえヒエッヒェヒェヒェ。

「……！　そ、そだね、ごめんゆきのん。昔は、白髪を抜くことがパパとの一番のコミュニケーションだったから……つい、思い出しちゃって……」

「いいえ、気にしないで。微笑ましい子供時代じゃない」

そう言う雪ノ下は一見、何も気にしていないようだが……。

ほどなく、完全下校時刻を告げるチャイムが鳴った。

せっかく忙しない日々から解放されたってのに、何か今日は今日で変に疲れた気がする。

「……いつの間にか、そんなに白髪が増えていたのね……私……」

雪ノ下が、か細い声で独りごちる。

弱音にも似たその呟きが、耳に残った。やっぱり、少しは堪えてたんだろう。

白髪か……。他人事じゃないな。

× × ×

「やっはろー」

次の日の放課後。奉仕部の部室に、雪ノ下、俺に続いて由比ヶ浜が入ってきた。

やっはろーは珍妙な挨拶だが、毎日のように聞いていればやっはろーのやっはろー具合で由比ヶ浜の精神状態や体調が把握やっはろーできるようになってくる。

今日のやっはろーは概算8.5やっはろー……いや8.7やっはろーといったところか。ベースとなる10やっはろーに比べてやや低く、落ち込んでいるほどではないが少し気持ちが沈んでいる、という数値だ。

以上、全部今適当に考えた設定でした。八幡あなた、疲れているのよ……。

要するに、由比ヶ浜が昨日のことを少し気にしているようだ、ということを言いたかったわけだ。

当の雪ノ下は、特に引きずった様子もなく本を読んでいる。昨日の帰り際のことを考えれば、この態度も微妙なところだが。

その時、唐突に部室のドアが開いた。颯爽とした足取りで入ってきたのは、平塚先生だ。

「平塚先生、ノックを……」

雪ノ下の言葉は半ばで萎んでいった。何度言っても改善の兆しも見えないため、ほぼ諦めているように見える。

平塚先生は空いている椅子に座ると、腕を組み、そして脚を組んだ。

俺たちは先生が口を開くのを待っていたが、何も言わずに座っているだけだ。仕方ないので、各々の作業を再開する。

そこから一〇分ほど経過しても、平塚先生は無言を貫いていた。

むしろ、俺の方をじっと見ているような……。

「……。………」

え、何、バチコンバチコンてウィンクまでしてくるんですけど。怖い。

アイコンタクトが成立しないため、俺は平塚先生の言葉を代弁することにした。

「オッス、オラ平塚静。御年三〇歳前後のでぇベテラン女教師だ。なかなか結婚できねぇせいで婚気がどんどん弱っちまって、すげえ焦ってっぞ」

「ハハハこっちにも結婚できねぇ事情っていうものがあるんだ、おめぇブッ殺すぞ」

このご時世に生徒に向かって平然とブッ殺すと言ってのける戦闘民族に、俺は「あ、あああ……」とただ震えることしかできない。

けれど、ごらん。おかげでようやく平塚先生が口を利いてくれたよ。

時々でいいから思い出して欲しい。平凡な地球人に過ぎない比企谷八幡という男が、凶悪な宇宙人を相手に勇敢に戦ったということを。

「先生、どうしたの？　ずっと黙って座ってたら、ヒッキーじゃなくても気になるよ？」

右側頭部に筋斗雲を搭載したＺ女子の由比ヶ浜が、救いの手を差し伸べてくれた。俺が殺気に晒される前にそうしてほしかったが、贅沢は言わない。助かる。

「私はこの奉仕部の顧問だぞ。部室にいても何も不思議はないだろう」

それが不思議なんですわ。厄介事……もとい依頼を持ってくる時以外、ほとんど顔見せないじゃん。

文庫本を閉じた雪ノ下も、どうしたものかと戸惑っている。

平塚先生は大仰に溜息をつき、批難するように俺を睨め見てきた。

「比企谷。本日のお悩み相談メールのチェックがまだのようだが?」

猛烈に嫌な予感がする。俺は、早速机の引き出しにしまってあるノートパソコンを取り出そうとしている雪ノ下へ、視線で制止を促した。アイコンタクト、今度は成功しました。

「それが、ここんとこパソコンの調子が悪くて……今日も電源が入らなかったんすよ。だから相談メールの確認は、また今度で」

平塚先生から押しつけられたノートパソコンは、起動にかなり時間がかかる古めの機種だ。ある日突然壊れても何もおかしくはないし、また別のある日いきなり直っていても、まったく不自然ではない。

「そうなのか?」

しかし平塚先生は顎に手をやってふむ、と頷くと、とんでもないことを口にした。

「安心しろ、相談メールは何もあのパソコンでしか見られないわけではないぞ。メールアドレスとそのパスワードは私がちゃんと把握しているからな、この機会に比企谷のスマホのメールソフトに追加しよう」

「ヒェッ」

俺は思わず声を引きつらせる。

冗談じゃない。私物のスマホに相談メールが転送されてくるようになったら、確実に精神を病む。常連のラノベ作家志望が、ハガキ職人も真っ青な頻度で投稿してくるんだぞ。

「…………とはいえ、そろそろ完治する頃っすね。雪ノ下、パソコン頼むわ」

俺は咄嗟（とっさ）の機転で、このパソコンが黄金聖衣（ゴールドクロス）にすらない自己修復能力を備えているという設定を付加。疑いの目を向けられることなく、難局を乗り切った。

乗り切ったはずなのだが……再び机の引き出しからノートパソコンを取り出す雪ノ下が俺に向ける目は、とても冷たい。

「そうか。まあ、パソコンで見られるならそれが一番いいが」

おまけに平塚先生も怪訝（けげん）な表情を浮かべている。バレていないことを祈りたいが……。

「平塚先生。一応、相談メールは個人情報ですので。軽々しく生徒の携帯電話で閲覧できるようにするのはどうかと思いますが」

ド正論とともに溜息をつく雪ノ下。

「お悩み相談メールは匿名だぞ、個人情報は特定できないよ」

平塚先生は自信たっぷりな声音（こわね）で返した。

問題は、その送られてくる匿名メールの九割が、送り主が誰かを容易に特定できてしまうことなのだが。

「つか、実際このパソコン古いんすよ。ネット見ようとするだけでもっさりした動きになるし、そもそもこれ、サポート終わったＯＳ入ってるんだけど……セキュリティやばくね」

「盗られて困る情報なんて無いだろう。比企谷、君が通販でエッチな本を買った履歴が残っていたりするなら、話は別だが」

「かかかかかかか買ってません！」

どんだけキョドってんだよ俺は、余計怪しいだろうが。

雪ノ下と由比ヶ浜が、何か言いたそうに細めた眼でこっちを見ている。買ってないっての！

いつの時代の学生だよ!!

……平塚先生の時代の学生か……。俺は哀しみとともに自己完結した。

しかし平塚先生みたいな、盗られて困る情報なんて自分のパソコンには入っていないから古いままで十分――なんて感覚の人が多いから、いつまでも新しいＯＳへの移行が進まないわけか。ゲイツさん家のビル君も頭が痛かろう。

俺が自分の席にノートパソコンを置くと、雪ノ下と由比ヶ浜も左右から椅子を近づけてきた。そして由比ヶ浜が、画面に顔を近づける。

「……じゃあ、あたしが読むね。一通目は……ＰＮ：ホモォさんからの相談……。あはは、また姫菜だね」

ほらね、早速個人情報暴露してる！

〈ＰＮ：ホモォさんからの相談〉

私は腐治の病に冒されています。クラスのとある男子たち（Ｈ山くん×Ｈ企谷くん）を見ていると、胸の高鳴りが抑えられないんです。

Ｈ人くん×Ｈ幡くん、略してＨｅａｒｔ　ｔｏ　Ｈｅａｒｔの二人は、誰も気づいてないと思ってるのか、時たまこっそり熱っぽい視線で互いを見合ってるんです。

聞こえそうな鼓動が恥ずかしいんです。どうしてでしょう？　私らしくないですよね……？

このままじゃ左胸だけ極端に大きくなりそう！　私はどうすればいいでしょうか？


いやもう、とあるじゃないです。略してないです。イニシャルの意味ないです。

見つめ合ってないです。そして何より、果てしなくあなたらしいです。

駄目だ、とても突っ込みきれん。

Ｅ老名さんのメールはたまにしか来ないけど、破壊力高いんだよう。

「だそうよ、Ｈ企谷くん」

「姫菜はよく見てるね、二人のこと」

きちんと眼を凝らして見てたら、こんなメール送ってこないからな。あの人の眼鏡、宇宙人製で特殊なフィルターがかかってるんだろうよ。

「最終的に海老名さんは何を相談したいのかしら。病気を治したいの？」

「自分で治らない病気だって悟ってるんだ、そっとしておいてやろうぜ」

このようにH菜さんのメールの分、俺の精神的疲労が奉仕部の中でも突出してしまうのをわかっていただけるだろうか。

「む～……む～……」

由比ヶ浜が唸り声を上げて考え込んでいる。どんだけムームーしてんだ、ハワイの民族衣装か。

そしてついに、一つの答えに辿り着いたようだ。

「そうだ！　胸の大きさが左右で変わっちゃうことを、不安に思ってるんじゃないかな⁉」

締めの文が相談の本題であるだろうという着眼点は、間違っていない。っていうかもうそれでいいや、悩み相談終了。

「別に病ではないだろう。心臓の鼓動の大きさや速さに関係なく、元々胸は左右で大きさが違うものだぞ。利き腕の影響などで、筋肉の付き方が身体の左右で異なるわけだからね」

平塚先生は真顔で反論してきた。

そして手の平をそれぞれ胸の下に添え、軽く弾ませるように上下させる。

「へ～、意識したことなかった……」

それを聞いた由比ヶ浜も、同じように自分の胸を触って確かめている。

ちょっ……この人たち、なに唐突にぷにょんぽよんしちゃってんの。

そんな、ぱっと触診しただけでわかるような大きさの違いじゃあないだろ……。

「………」

肌がひりつくような凍気を感じて振り返ると、雪ノ下が無表情で文庫本を読んでいた。今の今まで本は手にしていなかったはずなのに。

雪ノ下の変化に気づくことなく、平塚先生と由比ヶ浜はなおも左右の胸の大きさの違いを確認している。

助さん格さん、その辺にしておあげなさい。

ガガガ文庫の表紙ぐらい平らな胸のゆきのんが落ち込んでしまうでしょう。

いや、ガガガ文庫は表紙以外も全ページ平らだけど。もっと言えばガガガ文庫以外のラノベもそうだけど。つまり雪ノ下雪乃はラノベ。

「相談メールは、その一通だけなのかしら？」

大宇宙の理不尽に耐えて声を微震させながら、雪ノ下が先を促す。

「あ、ああ……とりあえずこれに回答送っとくわ」

俺は軽快なキータッチで、由比ヶ浜の意見を取り入れた回答を作成する。

〈奉仕部からの回答〉

ホモォさんの心臓をもう一つ増やしてみるのはいかがでしょう。胸の大きさも均等になりま

すし、ご相談のとおりＨｅａｒｔ×二つになってお得だと思いますよ

「増やしちゃうんだ!?」

由比ヶ浜が驚愕する。

いや、手前味噌だがいい回答だと思うぞ。左右二つあった方がバランスがいいだろう。心臓ってほとんど真ん中にあるらしいけど。

「初っ端で体力使い切った……」

くたびれた俺を余所に、由比ヶ浜が横からモニターを覗き込む。

「えと……じゃあ二通目ね。ＰＮ：ねこさ……」

読み上げ半ばで思わず首を傾げる由比ヶ浜。

しかし、程なくぱあっと顔を明るくし、声のトーンも二段階ほど上がった。

〈ＰＮ：ねこさんのお悩み〉
最近、自分の髪の毛が傷んできているようなので、おすすめの対処方法や髪のケアの仕方などを教えてもらえないでしょうか

読み終えるが早いか、由比ヶ浜は雪ノ下の席へと駆け寄っていく。

「ゆきのんかわい————————————————っ!!」

そして、身体ごとぶつかっていく勢いで抱きついた。

「ちょっ……匿名の相談メールでしょう!?」

じゃれつかれて戸惑う雪ノ下を見て、平塚先生がうんうんと満足げに頷いている。

雪ノ下からの相談メール。これに気づいて欲しくて、ずっと俺に熱視線を送ってたわけか。

「おい、ねこのん。このPNはあざとすぎてどうかと思うよ、おじさんは」

「ねこのんなんて書いていないでしょう……！」

由比ヶ浜に抱きつかれて窮屈そうにしながらも、雪ノ下は反論してきた。

その由比ヶ浜は、不満げに頬を膨らませる。

「もー、メールじゃなくて直接言ってくれればいいのにー！　昨日、ゆきのんの家に泊まりに行けばよかったね！」

仲睦まじい二人を見て、平塚先生が苦笑する。

「実は昨日、雪ノ下は私に相談してきたんだ。比企谷や由比ヶ浜とも一緒に話し合う方がいいだろうと説得したんだが……結果、このような形を取った」

なるほど。回りくどいけど、相談メールっていう形にすれば奉仕部として対応しやすいだろうっていう配慮か。

「君たちは奉仕部の理念に則り、多くの生徒の相談に乗ってくれた。そんな君たちが悩んでいる時は、顧問の私が相談に乗るのが当然だろう？」

そうは言っても、平塚先生には何だかんだこまめに助言してもらったりしてるんだけどな。

「特に、今回の雪ノ下の悩みに関しては、私も力になってあげられるという確信がある」

平塚先生は、苦々しい記憶を呼び起こすかのように額に手を添えた。

「この間――親戚の女の子の面倒を見ていた時のことなんだがね。私にじゃれついてくるのは可愛かったのだが……妙に髪の毛を触ってくるんだ」

そう言うと、平塚先生は艶やかな黒髪を手で掬って視線を落とした。

「あっ……それわかるな～！　小さい頃って、年上のお姉さんの長くて綺麗な髪、すっごい憧れるし！」

「うん、私も最初はそれを期待したんだが……その子が満面の笑みで言ったんだ。『白髪あったから、抜いてあげたよ』って……」

昨日の己の行動を省みたのか、うっと唸る由比ヶ浜。

「長い一本の白髪を手の平に載せて愕然としていたら、また頭に微かな痛みがあった。二本……三本……まだまだいっぱいあるよ～って……」

何だよ、その嫌すぎる番町皿屋敷は。

「それからその女の子は私のことを『静お姉ちゃん』から『静おばさん』って呼ぶようになったんだ……！　ううっ……来年からお年玉あげないからなっ……」

雪ノ下は悲痛な面持ちでその告白を聞いていた。

ほんと、可哀想だよな——その親戚の子。お年玉の供給源が一個消えるのは痛いぞ。

「そしてその日から、私は白髪を憎み、自らの白髪を滅ぼすべく戦いを始めたのだ」

平塚先生はこういう経緯で千葉のアベンジャーになったのか。ピックアップ召喚に選ばれた時は回さんとこ。

「雪ノ下、君の悩みは自然なものだぞ。若いからといって油断をしてはいけない。身体の不調は早期発見、早期撲滅が基本だ。特に我々のように髪が長い者は、白髪を野放しにしておくべきではないよ」

「……ええ。昨日、お風呂上がりにかなり入念にチェックしてしまいました……」

まあ、そうなるわな。しかし問題は、白髪ってなかなか自分で見つけられないんだよな。自分でたくさん見つけられるようになった時は、もう手の施しようがないのかもしれないが。

「うう～、ごめんねゆきのん！　あたしが余計なことしなきゃよかったんだ……」

「由比ヶ浜さんのせいではないわ。いずれ、自分で気づいていたと思う」

しかし、白髪対策……髪の毛のケアか。悪いけど、俺の出る幕はないな。今日はとっとと退散するか。

俺は制服のポケットからスマホを取り出し、一瞬画面を見た後、指でスワイプする小芝居を挟んで耳元に持っていった。

「もしもし小町か？　何、カマクラに陣痛が？　わかったすぐ帰る」

俺はスマホを耳に当てたまま、視線で「そういうことなんで」と平塚先生に告げ、一礼。颯爽と席を立った。

「その何も着信していない携帯を仕舞って座りたまえ、比企谷」

ぴしゃりと言い放つ平塚先生。

ちっ……何故バレた。

「ヒッキーもちゃんと考えてよー！」

「俺が力になれるわけないだろ、普段から自分の髪のケアなんてろくにしてねえんだぞ」

何かデリケートなことに踏み込みそうだし、女子トークで気兼ねなくやっていただきたい。気づいた？　今、平塚先生も女子にカテゴライズするサービスまでしたぞ。

「っていうか、この手の話題の時に男の俺がいたらできる話もできなくて邪魔だろ」

「別に邪魔だなんて思ってないわ。あなたも力を貸してくれると……ありがたいのだけれど」

珍しく殊勝な態度で頼まれ、俺は照れ隠しにボリボリと首の裏を掻いた。

「比企谷、ことは髪のケアだけの問題じゃないんだ」

平塚先生は神妙な顔つきで俺を窘めた。

「白髪にはストレスが大きく関わってくるのは、間違いのないことだ。雪ノ下に急に白髪が生えてき始めたというのなら、私も顧問として責任を感じるんだよ」

じゃあ、お悩み相談メール廃止しようよ……。さっきのメールで確実に数本は白髪になったぞ、俺。

「私は、部活のストレスが原因とは思っていません」

そこは譲れない大前提なのだろう、きっぱりと反論する雪ノ下。平塚先生は、その心を汲(く)み取ったかのように、大きく頷(うなず)く。

そして由比ヶ浜(ゆいがはま)は突然はっとして立ち上がり、困惑気味な顔で俺に向き直った。

「って！　カマクラって、オスだよね!?　陣痛くるわけないし!!」

「何分前の話題だよそれ!?」

俺は気持ち声大きめで突っ込んでしまった。

ＡＩがやってるチャットだってほとんどタイムラグ無しで返してくるこの時代に、お前はどんだけラグいアルゴリズムを搭載してるんだ。

そんなことじゃあ、ＡＩに人間様の仕事が全部取られちゃうよキミィ。

てか、俺はむしろＡＩに積極的に取って代わられて欲しいと思っているのだが。

のんびり通販ページ見てると画面の端で激しく自己主張(ポップアップ)してくる「ご質問はチャットで」ウインドウ、あれはホントやめてほしいよね。うっかりクリックしてオペレーターと繋(つな)がっちゃったらどうしようって、気が気じゃないんだよ。

でも「ＡＩがチャットを担当します」って書いてあると、まだ安心できるからな。

結論。お悩み相談メールにも、ＡＩを導入しようぜ。

×　×　×

さて、どうしたものか。髪の悩み相談か……女子の頭数が多いに越したことはないのだが。この場にいる三人のうち、雪ノ下と平塚先生が相談側寄りなのだ。

こういう時に限って、一色は来ないんだよな。

この際、特別講師として戸塚にお越しいただきたいぐらいだ。

戸塚の髪、略してとつ髪はさらさらすぎて軽くビビる。ちょっと小首を傾げたりするだけで、髪がふわっ……って揺れるんだよ。クラスメイトが気軽に天女の羽衣を再現していて困るいや困らない。

「……さっき言ったこととは逆の話になるが……個人差があるとはいえ、白髪は誰にだって生える。特に雪ノ下、君の場合はまだ一〇万本ある髪の毛のうちのたった二、三本だ。本来は気にする必要などないんだ」

平塚先生は慰めるように前置きする。早期発見早期撲滅などと深刻な言い方をしたことを、今になってミスったと思っているのかもしれない。

何となく、それを自分自身に言い聞かせているような気もするが。

「それはもちろん、私もわかっています……」

「大丈夫だよゆきのん！　気になっちゃったのはしょうがないもん、一緒に乗り越えていこうね！」

しおらしく俯く雪ノ下を、由比ヶ浜が懸命に励ます。

こういうものは得てして、気にすればするほどそれがまたストレスに繋がる、悪循環だ。

しかし俺は正直な話、今回の雪ノ下の悩みには共感できないわけでもない。

一〇万本中の三本……〇・〇〇三%。そりゃ数字上は〇に等しいわけだが、異質なものはどれほど慎ましやかだろうとも目立つ。

数十万画素の液晶パネルの中のたった一個か二個ドットが欠けていたって、気になる人は気になるものだ。どんなに説明書に「製造上の仕様であり不良ではありません」と注意書きがしてあってもな。タッチパネル式の携帯ゲーム機の黎明期は、販売店の店員もクレーム対応にずいぶんと苦労したという……。

調和の中に異分子が紛れ込めば、それは不良品なんだ。

発見されてしまったイレギュラーは、「不良品ですが何か?」と周囲に開き直って生きていくことになる。

そして、そうならないよう回避しようとするのも処世術だ。

「うむ……気持ちに区切りをつけるのは大事だ」

平塚先生は腕組みをすると、雪ノ下を頭から視線でなぞっていく。

「白髪の原因はまず不規則な生活、偏った食事……髪をちゃんと洗わない、洗っても乾かさない——この辺の基本的なところは、私も……もちろん雪ノ下も怠っていないはずだ。偏った食事に関しては、私はいささか自信が無いがね」

夜食にラーメンとかデフォみたいだしな、平塚先生。そのぐらいは規則正しさからのコースアウトに分類せず見逃して欲しいところだが。

「あとは広く知られているのが、……ストレスなんだが……」

やはり平塚先生は、ことさらに雪ノ下への負担を気にかけているようだ。

「やっぱり……ストレスが原因なの？」

由比ヶ浜は胸の前で手を握り、不安げに雪ノ下を見つめる。

昨日からのこいつは、負い目を感じすぎているきらいがある。自分が雪ノ下に白髪を自覚させてしまったことが、より大きなストレスに繋がっているとでも思っているのだろう。

意識せずとも、大仰な溜息をついてしまった。

「何も、精神的なものだけがストレスじゃないだろ。肉体的なストレスだって十分あり得る」

俺がさりげなく口を挟むと、雪ノ下はこくりと頷いた。

「あなたの言うとおりよ。ただ長髪にしているだけで、頭皮に負担が……ストレスがかかることは避けられないものね」

「ああ。髪の重さがね……」

平塚先生の同調を受けて、雪ノ下は俺の方へと意味ありげに視線を投げる。

「つまり、自業自得でもあるということなのよ」

「そこまでは言ってねえよ……」

由比ヶ浜も合点がいったのか、ぽん、と手の平を叩いた。

「そういえば沙希も前に、自分の髪すっごい長くて鬱陶しいって言ってたなー。やっぱ大変なんだね……」

「沙希……って、あの人か。川……川……川バンガさん」

「？　革バンド？」

由比ヶ浜は、精度が絶妙に今一つな動画サイトの自動字幕のようなヒアリング能力を披露する。不思議がられても、俺だって沙希って名前の人は虹野さんぐらいしか知らないし……。や、顔は浮かんでるんですよ。ただ、名前が……川なにさんだったっけ。まあ、川と沙希だけ覚えておけば何とかなるだろう。

「あいつもさりげにめちゃくちゃ髪長いもんな」

「うん、高めに結んだポニテなのにゆきのんと同じぐらいあるから、下ろしたら平塚先生と同じぐらいあるかも」

てかあいつ、長髪が鬱陶しいならどうしてわざわざ伸ばしてんだ、家のしきたりなの？

「私も白髪(しらが)に悩んだ時は、負担を軽くすべく髪を短くすることを考えなかったわけでもない。いっそベリーショートにでもしてしまえば、未練もなくなるかと思ってな……」

長髪そのものが原因なのでは――という話に及んだことで、平塚(ひらつか)先生も悩ましげな吐息をこぼした。

「ベリショッ!? もったいないって先生、そんなに綺麗(きれい)な髪なのに～！」

切迫した口調で引き留める由比ヶ浜(ゆいがはま)。

「当然、自分が一番そう思っているさ。気分転換で切るには、勇気の要る長さになってしまったからな……」

「自覚があるなら……髪切るのも剪定(せんてい)みたいなもんだと思えば、気も楽じゃないすか？」

俺は平塚先生の意思を尊重したのだが、雪ノ下(ゆきのした)と由比ヶ浜に同時にジト目で睨(にら)まれた。

「平塚先生の髪は膝下まである。つまり、一メートルぐらいの長さがあるのよ。髪の毛をそれだけ伸ばすのにどれほどの時間がかかるか……想像できる？」

ぱっと想像はできないな。俺はもちろん、小町(こまち)だって雪ノ下ぐらいまで髪を伸ばしていた時期なんてなかったし。

「個人差がかなりあるのだけれど――髪は、平均して一月に一センチ程度しか伸びないのよ。私も意識して伸ばし始めてからここまで……五年以上かかったわ」

歳月の重みを感じ取るかのように、己が黒髪を手の平ですくい上げる雪ノ下。

自分のことを一般の女子高生と離れた価値基準を持っている、と卑下していた雪ノ下だが、髪の毛に対しては年相応の美意識と愛着を持っている。

たかが五年、されど五年。

例えば。幼い頃、早く髪の毛が伸びればいいと願っていた少女がいたとしたら……五年という歳月は、途方もなく長く感じられたことだろう。

「……私は短くするつもりはないわ。自分の髪の毛が、嫌いではないから」

長く艶やかな黒髪は、こいつの矜恃でもあるのかもしれない。

なら、それを前提として考えればいいだけのことだ。

「長髪なのは昔からのことでも、最近変わったこともあるだろ」

少し間を置いて、俺は心当たりを口にした。三人の視線が俺に集中する。

「ずっと髪を結んでたのにいきなりそれを止めると、白髪が増えたりしやすいらしい。……って、小町が言ってた」

「へえ、さすがは小町さんね」

疑うことなく小町を賞賛する雪ノ下。

本当は昨日帰ってから自分でググって得た知識なのだが、言わぬが花だ。

こいつらが白髪だどうだと言い始めて、自分まで不安になったとは言えない。

ちなみに諸説あります。この口上、大事。すごく。

「つまりな。お前、ちょっと前まではしょっちゅう髪結んで、ツインテールにしてただろ。それしなくなったからじゃねえの？」

「ツインテール……？」

小首を傾(かし)げる雪ノ下(ゆきのした)。

知らないで二つ結びにしてたのか。決して一般的な名称ではないかもしれないが。

雪ノ下は最近、ツインテールにしていない。

少し前は俺も、心の中で「雪ノ下のツインテールが揺れている」と思ったりしていたが……いつしかそれがなくなってしまった。

こうして今、意識するまで、気づきもしなかったが。

平塚(ひらつか)先生は得意げに人差し指を立て、雪ノ下へと説明する。

「あれだよ。最近のアニメで言えば……そうだ、ホシノ・ルリがしている髪型と言えばわかるだろう？」

いや、伝わらないと思います。ナデシコはもうとっくに二〇周年迎えちゃってるんで。最近じゃないんで。俺は一生続編待ってるけど。

「初音(はつね)ミクがしてる髪型だよ、ゆきのん！」

由比ヶ浜(ゆいがはま)の口から、意外な名前が飛び出した。さすが初音ミクの知名度はすげえな。パリピＪＫにまで浸透してやがる。

しかし、雪ノ下はみっくみくにされることなく、困惑を深めるばかり。

「ふむ……」

平塚先生は顎に手をやって頷くと、やおら立ち上がってその長髪を左右から掻き上げた。

「こうだ、こう。比企谷の言うとおり……結ぶ位置こそ違えど、二つ結びはお前もけっこうしてたじゃないか、雪ノ下」

そして指で作った輪で髪を束ね、即席のツインテールを披露してきた。

「ぐわっ」

抑えきれぬ人体反射としての苦悶の声を上げてしまった俺へと、平塚先生はその名前の通り静かに振り返った。

「比企谷。それはどういう反応なのかな?」

はわわわ回答次第ではあのツインテールをトンファーにして襲いかかってきそうですぅ。

「い、いや、なんか束ねるの速くて手慣れてるなーと思って……」

俺はしどろもどろになりながら取り繕う。それでも通用したようで、平塚先生は自信満々に胸を張った。

「うむ、私は中三までツインテールだったからな。今でも身体が覚えているんだ」

そういう無責任な後出しキャラ設定やめてください。誰が責任取るんですか。

「……確かに、結ぶ頻度は減ったかもしれません。……意識してそうしたつもりは、ないのですけど……」

歯切れが悪い。果たして雪ノ下の吐露は、本心だろうか。

「ちなみにこれ、結ぶことによる頭皮への適度な刺激ってだけでなく、精神的な影響ってのも含めてのことな。いつもあるはずのものが無くなると人は不安を感じて、それが大きなストレスに繋がる——らしい」

ググっただけの特に難しくもない豆知識を披露しているだけなのに、由比ケ浜は顔文字みたいな表情になることで理解のキャパオーバーを訴えてくる。

仕方ない、わかりやすくアレンジを加えるか。

「例えば、これは材木座から聞いた話だが……」

「その時点でもう聞く気がなくなるわ……」

頭痛を堪えるかのように額を手で押さえる雪ノ下。

そう言わないであげてよ俺もそうだけど。

「本を読む時、自分だけの注目ポイントみたいなのってあるだろ?」

俺の問いかけに対する雪ノ下の首肯は、少しだけ力強かった。

「ラノベを読む時も、ツインテールが出ているかどうかを注意して読む奴は珍しくないらしいんだよ」

「そこでもうわかんない……ホントに珍しくないの?」

人を疑うことを知らない純真なガハマさんが、こんなにも疑念に満ちた目を俺に向けて……。

わかってやれよ、ツインテールだけを求める読書体験も、世の中にはあるんだろう。

「特にシリーズ物だとその傾向が顕著でな。一巻は二九四ページ、二巻は二八ページ、三巻は九八ページ、みたいな感じでな、『ツインテール』って単語が出てくるページにだけ目印に付箋を貼っておくんだ」

「……ごめんなさい、全く理解できないのだけれど。というよりも……」

「なんか気持ち悪いね……」

雪ノ下の言葉を引き継ぎ、たはは、と引き笑いを浮かべる由比ヶ浜。

キモい、ぐらいで済ませられないの？　ガチのリアクションじゃん……。

「本に目印をわざわざつけるのが女々しいな。気に入ったページは何度も何度も読み返すから、自然と綴じに割れができ、図らずも目印となってしまう……。それが読者の矜持というものではないかな？」

平塚先生は、不敵な笑みとともに持論を展開した。少年漫画黄金期の直撃世代の人は、ポリシーも不必要に熱いな。

「大事に扱えば、何度読み返しても綴じが割れたりはしないと思いますが……」

本好きの雪ノ下が、現実的な持論を返す。まあ、小説と漫画じゃお気に入りのシーンを読み返す頻度も全然違うってのもあるが。

一応俺も雪ノ下の意見へと心の中で一票を投じつつ、話を仕切り直す。

「とにかくそういう読者は、そのシリーズのある巻からパッタリと『ツインテール』っていう単語が出なくなったら動揺するだろ。四巻はたまたまかな？　あれ、五巻にも出ないぞ。六巻、七巻……やっぱりない。一〇巻を超える頃には、その読者は壊れたラジオのように同じことを繰り返し繰り返し口にするようになっていたんだ。『ツインテールがなーい……ツインテールがなーい……』ってな」

「怪談になってる!?」

竦みおののく由比ヶ浜。確かにまるっきり行動が妖怪だよな。

おい材木座、この話本当に珍しくないことなのか？

「はあ。それは髪を結ぶ当人の話ではないじゃない。……とりあえず、髪型一つ変わるだけでストレスになることもある事例だということでいいのかしら」

最終的にそこに着地してくれれば、俺も言うことはありません。話してる途中でこの例え出したこと心底後悔したし。

「……そうね。あなたの例え話は極端だけれど、私が髪を結ぶ頻度が減ったのは事実だと思うわ。なら、それが遠因だと仮定することもできるかもしれないわね」

真剣な表情で考えこむ雪ノ下。その背後から、諸手を広げた由比ヶ浜がしなだれかかる。

「たまに髪を結ぶ方が健康にいいってことでしょ？　じゃあ、ゆきのん、今からいっぱい髪結ぼうよ！」

そういや由比ヶ浜は、たまに雪ノ下の髪の毛を結んでやったりしているよな。

宣言するが早いか、由比ヶ浜は部室を飛び出していく。

数分後、息を切らせながら段ボール箱を抱えて戻ってきた。

「あたしの持ってるやつと……あと、色々借りてきた!!」

箱を開いて机の上に広げた道具は、私物らしき髪ゴムやクリップ、ブラシをはじめ、どこから調達してきたのか、スプレーやらカーラーやら、ヘアアイロンまで。

部活後にシャワーを使う運動部から借りてきたのか、シャンプーやトリートメントのボトルがあるが、まさかここで洗髪するつもりじゃないだろうな。

「じゃー早速ツインテールから……」

手をわきわきさせながら近づく由比ヶ浜を見て、雪ノ下がはっと息を呑む。

「………待って。それは……待ってくれるかしら」

「……？　そ、そっか。それじゃあ他に、毎日してもいい結び方探そうね!!」

強めに制止されたからか、由比ヶ浜は特に食い下がることもなく、別の髪型を模索し始めた。

雪ノ下のやつ、あんだけ説明したのにツインテールを嫌がるのか。

いや、あの材木座の話を聞いたら拒否反応が出るのもおかしくはないが……つまり俺のせいなのか？

由比ヶ浜は淀みない手つきで雪ノ下の髪をまとめ、口に咥えていた何本かのヘアピンを差し込んでいく。

「うんうん、やっぱりゆきのんはポニテもしっくりくるよねー、体育の時とか以外でもすればいいのに」

アップにまとめた髪の、結びの部分が丸まっている。由比ヶ浜が髪を結ぶのを手伝うと、高確率で月に代わってお団子がついてくるようだ。

「思い切って前髪もアップにしてみようよ」

「そ、それは……私には合わない気がするわ……」

デコ出しゆきのんの完成図を想像したのか、困惑する雪ノ下。しかし拒絶が弱かったためか、前髪を上げてあのなんかパッチンするやつで固定されてしまっていた。

俺の視線に気づいたのか、雪ノ下がこちらをじっと見てくる。

べ、別に興味ねーし。見るなって言われたら見ねーし？

……………実際に、中学の頃イメチェンした女子のことチラ見しただけで「あんまり見られると困るんだけど」ってガチのトーンで言われた俺だし？

「ついでに頭皮マッサージもしてあげるね～！」

由比ヶ浜は、元気になあれ元気になあれと友人の頭皮を指で耕していく。

雪ノ下は苦笑しながら、スキンシップを受け止めている。

それはよいことなのだろうが――

「比企谷、手空きなら私にもあれを頼む。ついでに肩も揉んでくれ」

それを見た女教師が俺に無茶振りをしてきた。羽織っていた白衣を少しはだけ、肩を強調する。

俺は、今爪が伸びてるんで、とか適当な理由をつけて断ろうと画策する。

「！　ま、待って、ゆきのんの後であたしが平塚先生にマッサージするから！　ヒッキーはしなくていいからね!!」

が、それに先んじて由比ヶ浜が名乗り出てくれた。妙に焦っているように見えるのは、やはり俺では髪に悪影響だと危惧してるからか。

「ええ、由比ヶ浜さんのマッサージは心がこもっていてとても温かいですから。平塚先生も、してもらうなら由比ヶ浜さんにすべきかと」

心のこもった温かいマッサージを受けている雪ノ下が、ひどく冷たい目で俺を見てくる。俺が何をしたの？　お前と由比ヶ浜で熱循環器でも形成してるの？

ともあれ、その申し出はありがたい。

代わりといってはなんだが、早くも髪型のバリエーションが枯渇してきた由比ヶ浜をサポートすべく、俺は出しっぱなしのノートパソコンで髪型について検索をした。

「由比ヶ浜、これなんてどうだ」

「えっ、ヒッキーのリクエスト？」

喜色を含んだ声で聞き返し、俺の方へ小走りで近づく由比ヶ浜。その視線が画面に向いたのを見計らい、俺は解説を添えた。

「昇天ペガサスＭＩＸ盛り——髪型におけるインパクトを追求した一つの到達点だ」

簡単に言えば、頭にデカいドリルつけた髪型。

画面をチラ見した雪ノ下が「正気か」という批難を目で訴えてくる。

でもこれ一世を風靡した髪型なんだよ、少なくとも千葉ではやってる人一人も見かけなかったけど……。

「やー、でもこれ、最初に思いっきりカーラー巻いて、スプレーだってハードなのめっちゃ吹きかけないとできないと思うよ……。中にワイヤーも使ってるんじゃないかな……？」

スタイリスト由比ヶ浜が、画面を見てへあーと唸る。

この解像度の低い画像一枚から施術難度の高さを分析するとは、大したものだ。

「真剣に検討しないでもらえるかしら……⁉」

ある程度されるがままだった雪ノ下も、この髪型に対しては再び大きな拒絶反応を示した。

「髪に負担をかけすぎるのは本末転倒でしょう？」

本人にそう言われてしまうと、由比ヶ浜はぐうの音も出ない。

しかし、一本角を意識したヘアスタイルだと思うのだが、何故ユニコーンではなくペガサスなのだろうか。

横を見やると、平塚先生が自分の髪を摘んで持ち上げ、ドリルっぽく尖らせて軽い再現図を描いていた。やるというのなら、俺は応援するけど……。

その様子を見た雪ノ下は、遠慮がちに言った。

「あの、由比ヶ浜さん。私はもう十分よくしてもらったから、平塚先生の方も……」

「まだまだ！　あたしがゆきのんを不安にさせちゃったんだもん。その分は、ちゃんとお返しするからね！」

「だから、気にしなくていいと言っているのに……」

「そうだぞ、雪ノ下。その厚意には甘えておくべきだ」

平塚先生も自分で様々な髪型を試していたらしい。その一つを俺に見せてきた。

「ほらほらどうだ比企谷、清楚な感じがするだろう？」

後ろ髪を編んで胸の前に垂らしたそれは、確かに雰囲気がある。

いいっすね。出てますよ、人妻感。もっと言ってしまえば、未亡人感。

などとは口にできなかったが、無言の意味を勘違いされたようだ。

「そうか、変か……」

ずーんと落ち込む平塚先生を、俺は慌ててフォローした。

この人、明らかに打たれ弱くなってきている気がする。

気丈に生きてきた人間は、弱みを見せられる相手に出会うと脆くなると言うが……平塚先生にもそんな相手ができたんだろうか。なら、その誰かが責任を持って嫁にもらってあげるべきだろう。まったく、何をもたもたしているんだい！


そうして、しばらくの時間が過ぎ。実に様々な髪型が、雪ノ下の頭の上を通り過ぎていった。

一段落した今、由比ヶ浜は、解いた雪ノ下の髪の毛を指でそっと梳いている。

「やっぱりゆきのんの髪、綺麗だね」

そして不意に、彼女の背中越しに穏やかな声で語りかける。

「全然傷んでなんかない。ケアはバッチリだよ」

それは、雪ノ下の相談メールへのアンサーだ。

「でも、たまにこんなふうにして気分転換しようよ。あたし、いつでも付き合うから!!」

平塚先生も、満足げに頷いている。

「……ええ」

柔らかな微笑を浮かべる雪ノ下。

昨日由比ヶ浜に肩を揉んでもらっていた時もそうだったが……由比ヶ浜の存在は、雪ノ下にとってストレスどころか安らぎなのだ。

そうなると、やはり気になることが一つ残っているな……。

×　×　×

平塚先生は最後に「ストレス社会に負けずに頑張ろう」という、教師が生徒にかけるものとしてそれはいいのだろうかというアドバイスを雪ノ下に残し、部室を後にした。

由比ヶ浜は、どこからか借りてきたらしきスタイリング道具を返しに行ったようだ。

そして部室には俺と雪ノ下が残り、ノイズキャンセリングイヤホン要らずの澄み切った静寂が到来する。

雪ノ下は何をするでもなく、無言で座っている。短時間で様々な可変を遂げた髪の毛は、しかし、今はきちんと梳かれ、乱れなく背に流れていた。

仄(ほの)かな安堵(あんど)のにじむその横顔を見るに、由比ヶ浜のヘアアレンジショーは雪ノ下の心身にとっていい方に働いたのではないかと思う。

だが、ついにツインテールにだけはしなかったな。由比ヶ浜も何とか誘導しようとしていたのは見て取れたが。

さっきは軽く流したが、俺はあらためて思案する。雪ノ下雪乃(ゆきの)がツインテールにする頻度が明確に減っていったのは、いつからだろう——と。

一番印象に残っているのは、小町（こまち）と一緒に動物を見に行った幕張（まくはり）メッセでたまたまこいつと遭遇して、そのまま流れで由比ヶ浜（ゆいがはま）の誕生日プレゼントを選んだ時だ。

雪ノ下（ゆきのした）は休日仕様なのか、いつもより高い位置で髪を二つに結んでいた。ツインテールといえばまさにこれという、平塚（ひらつか）先生が再現していたあれだ。

玲瓏（れいろう）な女帝が不意に見せた息休めは、幼さすら感じたが……それがまた、妙に似合っていたのを覚えている。

けれど、記憶の糸を手繰（たぐ）れば手繰るほど、その日を境に雪ノ下がツインテールにする頻度はぱったりと減った。あの日がターニングポイントと仮定できるかもしれない。

あの時、こいつに何かあっただろうか。

「東京わんにゃんショー」で見た鷲（わし）や鷹（たか）や隼（はやぶさ）の勇壮な翼に、自身のツインテールを重ねてしまったとか。

いや、感銘を受けたならむしろ、普段からツインテールにするんじゃねえかなあ。

——そういえば。俺が陽乃（はるの）さんと一番最初に会ったのが、その日だったか。

詮も無い愚考だが、こいつが長髪にしている理由の一端が陽乃さんにあるというのが当たっていたら……同級生の前でリラックスした髪型にしているのを姉に見られたことが、ほんの少しは関係しているのかもしれない。

で、それまで気軽にしていた二つ結び自体ができなくなって、結果的にそれが無自覚なストレスに……あり得なくはないか。

長考の締めに雪ノ下へと一瞬視線を送ると、たまたま同じタイミングでこちらを向いたようで目が逢ってしまった。

雪ノ下は、バツが悪そうに口を開く。

「こんなことを気にして落ち込むなんて、私らしくもない――とでも思っているのかしら」

「思うか。そもそも何かに落ち込むことに、そいつらしさなんて定義できないだろ。んなもん、その時々で無責任に変わるもんだ」

海老名さんも相談メールで今の自分がらしくない、とか言ってたが、その人らしさなんて当の本人さえちゃんと把握できてるか怪しいもんだ。

まして、落ち込まないことが自分らしさ？　落ち込むって行為まで意識して我慢してたら、それこそストレスの温床だろ。

俺なんて、プリキュアが壁にぶち当たって泣いてるの観ただけでだいぶ落ち込むっつーの。

「けれど、由比ヶ浜さんにも随分手間を取らせてしまったし……」

雪ノ下はか細い声で呟いた。

こいつは多くの生徒の悩みを解決するために自分の時間を捧げてきたというのに、いざ自分がその立場になると、この程度のことですら手間をかけたと気に病んでしまう。

損な性分だよな。

「髪が傷んだだの、伸びただの、喋ったただの……由比ヶ浜にしたら、休み時間に他の女子とさりげなく話すようなトピックの一つに過ぎねえだろ。手間もクソも、部活の暇な時間に部員同士で雑談した――それだけじゃねえか」

平塚先生の入れ知恵らしいから、「お前みたく相談として送ってくるのが仰々しすぎる」とまでは言わないけどな。あの人、自分も同じこと相談したかったってのもあるんだろうし。

「……そう……。でも、その雑談に時間を取らせたのは事実なのだから、何か一つは結論が欲しいわ。そうじゃないと、申し訳ないもの」

大真面目な顔つきで考えこむ雪ノ下。

いや、雑談に結論を求めるなよ……。今どきのコンプライアンスに反するかもしれないが、あえて言うなら普通は男の思考じゃねえか？　それ。

俺はぼりぼりと頭を掻くと……あれ、これ頭皮に悪いんじゃね？　とにかく頭を掻くと、お望みの結論をでっち上げた。

「次にまた白髪が増えたって感じたら、身体がサイン出してるとでも思って今日みたく息抜きすりゃいいんじゃねーの」

意外なことに、雪ノ下は納得したように頷いた。

「……あなたにしては、すごく建設的な意見ね。参考にさせてもらうわ」

こんな適当なことを建設的と言われてもな。俺なんて普段、身体がサイン出す前に先手を打って息抜きしてるし。

何なら息抜きしかしてないまである。

とりあえず、一応の解決にはなっただろう。

さて、二度手間だが相談メールの方にも同じように返しておくか。

×　×　×

翌日の放課後。

いつもどおり訪れた奉仕部の部室の中に、俺は慎ましやかな異質を目にした。

それこそ、数十万本の黒の中にある、数本だけの白い髪の毛のような。

気づかなければ何てことはないのだろうが、気づいてしまえばたちまち目を奪われてしまう。

そのささやかなイレギュラーが——雪ノ下雪乃(ゆきの)のツインテールだった。

廊下から吹き込んだ風が、二房の髪の毛をふわりと舞い上がらせた。束ねた髪の重さを感じさせないその軽やかさは、まるで重力から解き放たれたかのよう。

鼻腔をくすぐるサボンの香りが、俺の足をその場に縫い止める。

雪ノ下はただいつもの席に座り、いつものように文庫本に視線を落としているだけだというのに。その光景は、馬鹿げたほど一枚の絵画じみていた。

「早く、閉めてくれるかしら」

淡々とした声で窘められ、俺は努めて冷静にドアを閉める。間違っても、見惚れてしまったなどと悟られないように。

「……昨日由比ヶ浜さんが、こうするのを見たいと言っていたでしょう。相談に乗ってもらったのだし、無碍にし続けるのは礼を失すると思って」

俺に何か言われる前に機先を制したのか、雪ノ下がそう説明する。

「そうか」

短く応え、俺は席についた。

関心がないわけではない。何とか、それだけの言葉を絞り出すのが精一杯だったのだ。

別にこいつが髪の毛を二つに結ぶのは、本当は珍しいことでも何でもないはずなんだけどな。出し惜しみ効果なのか？

「……それに。変に意識するよりも、気分転換をした方が髪にいいということだし」

雪ノ下が竦めた肩に合わせ、髪の毛も揺れる。

「やっぱ、本当はたまにその髪型にしたかったんじゃねえか」

意固地になって一つの髪型に課した封印を解くには、髪の毛に息抜きをさせるなんてご大層な名目が必要だったたってわけか。

そんで「ほらほら雪乃ちゃん、我慢は身体によくないわよー」って白髪が教えてくれたと。よくできてんな、人体。

雪ノ下は文庫本に栞を挟んで閉じると、右の髪束を手ですくう。

「由比ヶ浜さん、これを見てなんて言うかしらね」

そんなことを口にして、悪戯っぽく微笑んだ。

確かに、昨日あんだけ渋っていたのだから、ちょっとした不意打ちの悪戯には違いない。けれど、由比ヶ浜が言うことは決まっているだろう。

「似合ってる——って。言うんじゃないか?」

「なら私は、ありがとう、と言うわ」

ああ、言えばいいさ。本人の前でな。

隙間風でも入ってきているのだろうか。もう一度、雪ノ下のツインテールが静かになびく。あるいは、彼女の髪を揺らしたのは……俺の照れ隠しの溜息だったのかもしれない。

# そして、雪ノ下雪乃(29)は問い直す

裕時悠示

『殺してやるからな』

電話の向こうで、男は言った。

『殺してやる。あんな書類、送ってきやがって。女房にも子供にもバレたじゃないか。どうしてくれんだよ。え？　殺してやる。殺してやる――』

ヘッドセットから流れるクレームを聞きながら、俺はマウスを操った。ブラウザが表示する猫の動画を眺める。選りすぐりのコレクションだ。

「まことに申し訳ありませんでした」

鼓膜をレイプされながら、脳内で猫と戯れる。声だけなら、いくらでも平身低頭できる。この地獄で生き延びるため、社畜が身につけた演技力だ。

「支払い日をすぎても電話に出ていただけなかったので、私どもとしましても、書面でお送り

するほかはなく――」

『言い訳すんじゃねえ！　汚ねえ金貸しが！』

「申し訳ございません」

おっ、マンチカン。

名前エロい足短い目がクリクリ。痴漢は犯罪だが、この愛らしさも犯罪的。

『何が丸菱カードローンだよ。銀行の名前がついてるから、だまされた。ただのサラ金じゃねえか！』

「申し訳ございません」

おお、ラグドールか。モッサモサのモッフモフだなー。けど、デカイから家じゃ飼えない。この世にはこんな可愛い生き物が存在するのだ。汚い金貸しのひとりやふたり、存在したっていい。それで釣り合いが取れる。

ほどなくして男は沈黙した。怒鳴り疲れたと見える。怒りという感情は、激しい代わりに持続性がない。一過性のものだ。ならば、そのマグマを吐き出させてやればいい。

こちらのターンだ。

ブラウザを閉じて猫たちに別れを告げ、頭のスイッチを切り替える。

「それでお客様。お支払いはいつまでに？」

男が怯む気配がある。

『いつまでって、それは』

「ご入金のお約束がないままですと、カードを止めるよりほかありません。信用情報は他社とも共有しておりますので、おそらく、お手持ちの他のカードも止まるかと」

受話器を手で押さえる気配があった。

「一度に複数のカードが止まると、お困りになるのでは？　それがきっかけで自己破産するお客様もいらっしゃいます。差し出がましいようですが、ここがひとつの分岐点かと」

受話器から手が離れた。

『……けど、六十三万なんてカネ、今月中には払えねえよ』

声のトーンが急にしおらしくなった。

俺は畳みかける。

「では分割払いはいかがでしょうか？」

『え。分割、できるの？』

「通常のルールとは異なりますが、場合が場合ですので、ご相談に応じます」

電話の向こうから、長いため息が聞こえた。

そこからは簡単だった。分割の金額と支払い期日、それらを打ち合わせることができた。最初の火を噴くような勢いはどこかに失せて、男は素直に話を聞いた。

電話を切った後、ＰＣに申し送りを打ち込む。

話の経緯を簡単にまとめ、「回収見込み」のチェックボックスをクリックする。俺がチェックを入れたのは「望み薄」。おそらく、男は分割も滞らせるだろう。ＰＣのデータと俺の経験を照らし合わせれば一目瞭然。ショートは時間の問題だ。三ヶ月と待たずして、法テラスか消費者センターに駆け込むことになる。分割なんて、ただ死期を遅らせるだけのこと。

ため息が出た。

このコールセンターに勤めてもう十年。こんなケースは腐るほど見てきた。だけど、慣れない。この徒労感。自分で掘った穴を自分で埋めているかのような虚無。慣れるものではない。

そのとき、背後に気配を感じた。

見知らぬ女が、俺を見下ろしている。

流れるような黒髪。

肌は白く、瞳の色は深い。ほっそりとしたその身体を、紺のスーツで武装している。そう、武装。そんな表現がしっくりくる。それほど彼女の眼光は鋭く、立ち姿にも隙がなかった。棘がありすぎる薔薇。氷の薔薇だ。

「七三点」

静かに彼女は言った。電話のベルやオペレーターの声が充満するこの職場にあって、彼女の声は何故かよく聞こえた。

「落ち着いたトークで説得力があるけれど、細かい言葉遣いに不備が見られる。十年目のベテランということを加味すると、満足な点数とは言えないわね。また、クレーム対応中に業務と関係のないサイトの閲覧。これは服務規程違反よ」

「誰だい、あんた」

女は名刺を差し出した。たったそれだけの仕草なのに、優雅に見えた。

「丸菱銀行総務部視察委員、雪ノ下雪乃。……はあ。ホンテンの方ですか」

あらためて、目の前の女を見つめた。

丸菱という、この国を代表する巨大金融グループ。その中核である「丸菱銀行」のことを、俺たち傘下企業の社員は「ホンテン」と呼ぶ。本店。漢字をあてればそうなるが、その意味合いは微妙に異なる。

「あいにく、こちらは名刺を切らしてましてね。丸菱信販株式会社ショッピングローン部門・初期督促チームＳＶ、松ケ谷七介です」

「知ってるわ。途中からモニタリングしていたから」

どうやら敬語の必要はないようだ。歳も同じか、少し下くらいだろう。

「それで、ホンテンのひとが何故ここに？」

「視察」

雪ノ下は言い放った。名前の通り、冷たい雪のような声。

「丸菱グループ各企業を視察して、ノウハウや改善点を吸い上げる。膿があれば、吐き出させて洗い流す。そういう仕事です」

「は、膿ね」

挑発する意味をこめて、彼女を見返した。

「そのために人の電話を盗み聞きして、採点して悦に入ると。視察委員なんて大層な肩書きのわりに、せこい仕事だな」

「皮肉を言うなら、完璧(かんぺき)な仕事をしてから言うべきね。松ヶ谷くん」

「現場の仕事に口を挟むなら、ここで働いてみてから言うべきだ。雪ノ下」

こんな風に言えば、ホンテンのエリートはたいてい鼻白む。現場の反抗的な態度を胸に刻み、上司に報告するだろう。俺の勤務評定はまたもや下がるが、知ったことじゃない。出世なんてとうの昔にゴミ箱へ捨てた。

ところが、雪ノ下は「ふむ」と頷(うなず)いた。

予想に反して、気分を害した様子はない。感心している風ですらある。

「覚えておくわ。今の台詞(せりふ)」

そのとき、「あのう」という柔らかい声がした。

「ごめんなさい。ちょっと、いいですか」

同じチームの同僚がためらいがちに手を挙げていた。弓浜優梨(ゆみはまゆり)。入社五年目の中堅パート社員だ。だぶだぶのカーディガンを、袖(そで)のところで小さく握り込んでいる。

今は七月だが、冷房効きすぎの職場なので、冷え性の女性は厚着で自衛しなくてはならない。ぽっちゃりだからなかなか合うサイズがないといつも嘆いている。

「マッキー、さっきのお客さん、だいじょぶだった?」

「ああ。分割で折れてくれたよ」

弓浜はふかふかの胸を撫で下ろした。もっちりとした白い頬に、笑みが浮かぶ。その丸顔と色白の肌は「雪だるま」を連想させる。見るものをどこか和ませる雪だるま。

「ほんと、ありがとうねマッキー。いつも、くれーむ、かわってくれて」

彼女が口にすると、クレームが「クリーム」みたいに聞こえる。あるいは自分だけかもしれないが、いつもそう聞こえる。

「相手が男を出せっつってんなら、しょうがねえだろ」

「うん……でも」

「お前にはお前の得意な分野があるんだから、そういうのは素直にSVを頼っておけよ」

弓浜は曖昧な笑みを浮かべた。それから、ちらっと雪ノ下のほうを見た。雪ノ下が軽く会釈をすると、弓浜もあわてて頭をさげた。

「ほら、待ち呼ついてるぞ。席にもどれって」

「うんっ」

もう一度「ありがとう」と言って、弓浜は自分のブースに帰っていった。

雪ノ下がしげしげと俺の顔を見つめている。

「今のクレーム、元々は彼女のだったの？」

舌打ちをして頷いた。

「まあな」

「だったら、そう言いなさいよ」

「最終的に俺が引き受けたんだから、俺のクレームだ。なんの問題がある？」

雪ノ下はため息をついた。

「そういうことを言わないのは卑怯だと思わない？　私のお説教だって、前提が変われば内容も変わるのよ」

説教するのは変わんないのな。

「あなた、私の知ってる人に似てるわ」

「あ？　なんだよそれ」

「要注意人物ということよ」

それ以上話す気はないとばかりに、雪ノ下は踵を返した。黒髪が闇のベールのように翻り、思わず目を奪われてしまう。

「八月まで、私はここに通うから。どうぞよろしく、松ケ谷くん」

言いたいことだけ言って、視察委員は去っていった。

一ヶ月以上もあの女の監視を受けなきゃならないのか……。

これ以上過酷な職場はないと思っていたが、まだまだ下があった。この地獄は底なしらしい。労働地獄。クレーム地獄。社畜地獄。

まったく、どこまで堕ちればいいのやら。

◆

感情労働。

肉体労働、頭脳労働に続く、第三の概念と呼ばれている。

いわゆる接客業の多くが、そこに該当する。どんなに嫌な客が相手でも、笑顔で応対しなくてはならない。肉体や頭脳のほかに、感情——プライドを酷使することで成り立つ労働だ。

コンビニの店員、ホテルのフロント、看護師、新聞販売員、市役所の窓口業務ｅｔｃ．

そして——コールセンターのオペレーター。

おそらく、もっともストレスフルな仕事のひとつだろう。とある国のデータでは、感情労働を行う職種のなかでもランキング一位に輝いている。まったく嬉しくない一等賞。

そんなコルセンのなかでも、俺の職場はもっとも過酷とされる。ベストオブベストだ。

業務内容は、督促。

カードローンの支払いを滞らせてしまった客に、返済を促す電話をかける。俺がいるチームは「初期督促」といって、延滞して三ヶ月までの顧客を相手にする。

どんな仕事か？

ひとことで言えば、「お客さんにありがとうと言ってもらえない仕事」である。

この世のあらゆる労働は、基本的に「人の役に立つ」ことで報酬を得る。ゆえに、そこには金銭とともに「感謝」が発生する。ゴミ収集をしてくれる清掃業者にありがとう、寝たきりの祖母の世話をしてくれる介護士にありがとう。自然なことだ。いわゆるヤミ金と言われる悪徳金融業者だって、カネを貸すときに相手から「ありがとう」と言われることはあるだろう。

だが、督促の仕事には「感謝」が存在しない。

泣かれる。怒鳴られる。罵声を浴びる。なかには、真剣に説教してくる顧客すらいる。「こんな仕事、してちゃダメだよ」「取り立てなんて、真っ当な人間のすることじゃない」。厳密にいえば、督促と取り立ては異なる。入社するときに人事部から言われた。「取り立ての仕事はないからね！　安心して！」。確かに、取り立てではない。「返済を促す」だけなのだから、取り立てではない。

感情を犠牲にして、俺たちは給料を得ている。

◆

午後十時すぎ。

当たり前のように五時間残業をキメて、青息吐息。ようやく帰れるというところに待ち構えていた凶悪な内線電話。『マツタニSV、ちょっと課長室まで』。

神を呪いながらドアをノックすると、待っていたのは葉岡有人課長。俺と同い年だが、こちらはエリートだ。この歳でもう管理職に昇っている。丸菱銀行の常務だか専務だかのご令息で、現場で修業した後はグループ上位企業で然るべき地位が待っているという話だ。

「悪いな、帰り際に」

課長は端正な顔に笑みを浮かべた。この映画俳優みたいな笑顔に、ほとんどの女性パートはコロッといってしまう。女性率七割超という我が職場のオアシスだ。他の部署に比べて離職率が若干低いのは、この笑顔のおかげと言われている。

男性の俺は何も恩恵を受けない。便利に使い倒されている。

「きみのところに、今日、丸菱銀行の視察委員が来ただろう？」

課長は「ホンテン」という俗称を使わない。そういう人だ。

「ええ、はい。雪ノ下とかいう」

「なんでも彼女、とある議員のお嬢さんらしくてね。向こうでも有望視されてるらしいよ」

そうですか、とだけ言った。へえとかほおとか、感心してみせる必要を感じない。容姿能力身分、すべてが別世界のお姫さまだ。

「その雪ノ下さんが、きみのチームを中心に視察したいという希望でね。明日から席を用意しておいて欲しい」

「好きなところに座ってください。先月も二人やめて、うちのデスクはすっかすかです」

葉岡は苦笑した。人員不足は、彼にとっても悩みの種である。

「よろしく頼むよ、マツタニくん」

「松ケ谷（まつがや）です」

「松ケ谷くん。彼女には、明日の午前ミーティングも見学してもらうからね」

うへえ、という声をこらえるのに苦労した。

「僕が推薦したんだよ。きみのチームは仲がいいから、視察にはぴったりだろう？」

葉岡はにこにこ笑っている。「真実」を知ってるのか、あるいは知らないのか、どうもこの人の心は読みづらいところがある。

「……どうなっても知りませんよ」

そんな捨て台詞（ぜりふ）を言うのが、精一杯だった。どうせ拒否権などないのである。

◆

早番、午前番、午後番、夜番。

うちのシフトは基本的にこの四形態で回される。

午前番は十時出社だから、少しだけゆっくりできる。前日に深夜アニメを見て夜更かししても構わないってわけだ。だが、最近はもう夜更かし自体がつらくて、テレビの前で眠ってしまったりもする。じゃあ録画して休日に、ということになろうが、休日は休日で一日じゅう寝ているため、結局見られない。こうして、オタクは社畜に変わっていくのだ。

そんなわけで、午前番。

午前十時ぎりぎりに出社すると、俺のブースで長い髪の女がクレーム対応中だった。

こんな髪の女は、社員にもパートにもいない。

雪ノ下雪乃(ゆきのしたゆきの)。

すっ、と背筋を伸ばして座っている。

ヘッドセットをつけて、マイクに静かに語りかけている。「申し訳ありません」「失礼いたしました」謝罪の言葉を繰り返し述べてはいるが、表情も身体(からだ)も微動だにしない。

たとえ電話であっても、謝罪をすればついつい頭を下げてしまうものだ。弓浜優梨(ゆみはまゆり)なんて、ちょっと変わったメトロノームみたいに頭がゆらゆら揺れていることしばしば。俺だって、軽く顎(あご)を引く程度の仕草は出る。

ところがこの雪ノ下ときたら、動かざること氷像のごとし。

いや、「氷壁」というべきか。顧客のクレームをその冷たい美貌ではね返している。

数分後、電話は切れた。

クレーム対応の後はため息のひとつも出るものだが、彼女は呼気ひとつ漏らさない。何事もなかった顔で、流れるようなタッチで申し送りを打ち込み始める。

「……何してるんだ」

声をかけると、雪ノ下が視線だけこちらに向けた。

「見てわからないのかしら。クレームの対応よ」

「なぜホンテンのあんたが、そんなことしてるのかと聞いてるんだよ」

雪ノ下は首を傾げた。

「あなたが言ったのよ。『現場の仕事に口を挟むなら、ここで働いてみてから言うべきだ』と。その忠告に従ったまでよ」

目の前の女を、新種の動物を見る思いで見つめた。

「あんた、ホンテンの人らしくないな」

「褒め言葉と受け取っておきましょう」

ヘッドセットをはずして軽く首を振る。清潔感のある匂いがふわりと漂った。

「クレームの内容は、なんだったんだ」

「千葉在住の四十代男性。書類の不着ということで入電。それが顧客側の勘違いと判明した後は、私の対応についてのクレームに移行」

「よくあるパターンだ。そういう客は、自分のストレス発散のために難癖つけているだけだ」

「『どうしてお前の声は東山奈央じゃないんだ』と愉快なことをおっしゃるので、『どうしてお客様の声は江口拓也ではないのですか』と返してあげたわ」

「……いい根性してるな」

なるほど、ただのお嬢様ではないようだ。

雪ノ下は席を立った。

「次はミーティングでしょう。遅れないように来なさい、松ヶ谷くん」

長い髪が尾を引くように流れ、去って行った。

気がつけば、周りのスタッフがじっとこちらを見ている。この時間帯に出勤しているのは全員が女性だ。雪ノ下に見とれる理由はないはずだが、注目してしまう何かを、彼女は持っているようだ。

咳払いをして言った。

「三十分後にミーティングを始めます。第一会議室まで、よろしくです」

はあい、というけだるい返事が返ってくる。

ミーティングといっても、いつも通りの予定調和だ。決まり切った業務連絡。言われるまでもない注意事項。小学校の学級会のほうがまだ刺激的だろう。大人になればなるほど、感性は鈍磨していく。

だが、今日は何か起きそうな気がする。

普段は起きない何かが。

真夏に雪の降るがごとく。

俺が入室したとき、すでに十名ほどのスタッフが集まっていた。

会議室での座り方にも、人間関係というものが如実に表れる。社歴十年以上のベテランスタッフは、窓際の最後方に固まって座る。反対側のやや後方には若いやり手のスタッフが陣取り、その他の新人や成績がパッとしない者たちがばらばらに座る。人間が三人集まれば派閥ができるというが、これを見れば一目瞭然である。

「やっほ、マッキー」

窓際最前列で、弓浜優梨が小さく手を振っている。こっちゃ来いという風に猫のように丸めた手で手招きしている。猫好きとしては、この誘いに抗えない。

隣に座ると、嬉しそうに話しかけてきた。

「ねえ。今日のミーティングってなんの話？」

何がそんなに楽しいのか、彼女はいつもニコニコしている。この地獄の底のような職場にあって、陽の気を惜しみなく振りまいている。

「どうせいつもと同じだろう。課長のありがたいお言葉と、先月の成績発表」

「そっかー。なんだかガッコみたいだね」

へにゃっ、と弓浜(ゆみはま)は机に突っ伏した。

「ユウウツだなあ。あたし、先月もノルマギリギリだったんだよー」

「達成してるならいいじゃねえか。カネを返すか返さないかは、顧客次第なんだから」

督促スタッフの成績は、「回収率」というもので示される。簡単にいえば、「自分が担当した客が、カネを返済してくれたかどうか」。百人担当して百人が返してくれれば、回収率百%。まあ、そんなことはあり得ない。成績優秀者で、だいたい六十五から七十%というところ。

「でもさー、それでも回収率の高い人はいるじゃん？　まさみんとか」

「……まあ、な」

弓浜のふわふわした髪が、カーディガンの肩のところで揺れている。ときどき、肩がぶるりと震(ふる)える。空調の風が当たる位置なのだ。だったら別のところに座れば良さそうなものだが、派閥で席が決まっているから自由に座れない。人一倍寒がりなくせに。そういう大事なことを言わないのは卑怯(ひきょう)だと思う。……あれ。これ、誰の台詞(せりふ)だっけ。

「代わってやるよ。そこ寒いだろ」

「わ。なんかマッキーやさしー」

弓浜は目を丸くした。

「風邪でもひかれたら、シフトに穴が開く。そのとき課長に怒られるのはSVなんだよ」

SVとは、いわば現場監督みたいなものだ。課長の指揮のもと現場でパートスタッフを統率する。シフト管理も、その仕事のひとつである。

席を入れ替えて座り直したそのとき、背後から声がした。

「あいかわらず、仲いいねー」

「え？」

弓浜が振り返った先にいたのは、化粧の濃い女性スタッフだった。

相撲勝美。

相撲は同じように化粧の濃い仲間、いや手下三名を引き連れて、にやにやと笑っている。この笑い方、好きになれない。周りで囁きあう手下の声も酷く耳障りだ。香水の匂いもする。むせるような匂い。

「や、そういうわけじゃないんだけど」

弓浜は化粧せずとも白い頰を赤く染めた。

「えー？　じゃあどういうわけなんだろ。ねえ？」

手下に同意を求めて振り返る。それから、俺のほうを意味ありげに見て、またもニヤニヤ。

まったく……。

これだから嫌なんだ、女の職場は。

少し話しただけであらぬ噂を立てられる。女子としゃべっただけでデキてることにする小学生かよ。確かに弓浜の言う通り、ここは学校だ。クソガキだらけの小学校。

反論しようと口を開きかけたとき、急に部屋が静まりかえった。

雪ノ下雪乃が入室したのだ。

足音も立てずに歩くその様、静かに流れる黒髪に、誰もが呼吸を止めた。俺もつい、目を奪われてしまう。しんしんと降る雪を見る思いだ。

雪ノ下は俺を見つけると、一瞬足を止めた。それから、相撲のことをちらりと見た。相撲は見るからに気圧されて、寄り切られたように後ずさる。雪ノ下は興味なさげにふいっと視線をはずすと、反対の廊下側最前列に腰を下ろす。隣に座っていた男性の学生パートが、怯えたようにひとつ席をずれてしまった。

「なんだろ、あれ」

相撲は苛立たしげにつぶやいた。雪ノ下の態度か容姿か、あるいはその両方が気に障ったのだろう。「座ろ」と手下に声をかけ、廊下側のやや後方に陣取った。

再びドアが開いて、葉岡課長が入室してきた。すらりとした長い足を見せつけるように歩き、ホワイトボードの前に立つ。全員の視線が彼に集まり、挨拶とともにミーティングが始まる。

いくつかの連絡事項ののち、先月の業務成績が発表された。スタッフにとっていわば通信簿。成績優秀者にはインセンティブ収入があり、正社員登用を狙っているパートには人生の分かれ目となる。

ハンサムな声で、葉岡が読み上げる。

「六月の回収率ナンバーワンは、相撲勝美さんでした」

周囲から拍手が起きるなか、相撲は得意満面に立ち上がった。

「これで相撲さんは、三ヶ月連続トップです。みなさん、見習ってくださいね」

学校の先生みたいなことを言って、葉岡はにこやかなまなざしを相撲に向けた。イケメンに見つめられて、相撲の化粧顔が赤くなる。

「相撲さん。何か、回収の秘訣とかあるならみんなに話してもらえるかな」

相撲はその痩せぎすの身体をくねくね左右に振ってしなを作る。なんだこれ。求愛のダンス？

「ええ？　そんなのないですよお。うち……私は、お客さんと気持ち良くお話しすることを一番大切にしていてぇ、それがたまたま良い結果になってるのかもぉ？」

ねばねば、納豆みたいに糸を引く話し方をしやがる。

鼻につくことこのうえないが、彼女が成績優秀なのは事実である。モニタリングしても普通のトークしかしてないのだが、何故か抜群の回収率なのだ。

ゆえに、彼女はこのチームで大きな発言力を持つ。

ＳＶである俺も、強く言えない。

まだ若手パートの彼女が、「お局（つぼね）さま」として君臨できる所以（ゆえん）であった。

成績発表がひと通り終わった後、葉岡（はおか）は雪ノ下（ゆきのした）のほうを見て言った。

「もうみなさん知っていると思いますが、昨日から銀行のかたがいらっしゃっています」

雪ノ下が立ち上がると、皆が息を呑（の）む気配があった。隣の弓浜（ゆみはま）が唾（つば）を飲み込む音が聞こえる。

「丸菱（まるびし）銀行総務部の雪ノ下です。視察委員として善処します」

たったそれだけ言うと、席についた。

周囲からざわざわとした声が漏れ聞こえる。「やな感じぃ」。そんな風な囁（ささや）き声も聞こえる。

誰が発したかは、振り向くまでもない。

微妙になった雰囲気を取り繕うように、葉岡が咳払（せきばら）いをした。

「それじゃあまあ、そういうことで。みなさん仲良くしてあげてくださいね」

はあい、という気のない返事がする。まったく、ますます小学校だ。

雪ノ下の役どころは差し詰め「風紀委員」といったところか。

さあて。

悪ガキ代表の俺としては、どう振る舞うべきだろう？

◆

それから一週間後。いつも通り残業して、夜の十時を回ったころである。

「シフト管理が杜撰すぎるわ」

あー帰ろうはー帰ろう早く帰ろうとログアウト作業していたところに、凍えるような雪が降った。こいつも残業してたのかよ。

「なんでしょうか、ホンテンさん」

思いっきり冷たく言ってやったが、動じた風もない。業務用タブレットを俺の鼻先に突きつけてくる。

「あなたのチーム、シフト遵守率八割を切ってるパートが五名もいるわ。どうしてこんなだらしない勤怠を許しているの？」

「シフト厳しくすると辞めちまうんだよ。そうなったら元も子もないだろ。ただでさえ乏しい人員でやりくりしてるんだ」

「それとこれとは話が別でしょう。秩序のないところに、良い仕事は生まれない」

疲れているところに理想を言い立てられると、むかっ腹が立つ。

今日こそは言ってやろうと立ち上がったとき、「くちゃん！」という間の抜けた音が聞こえた。俺と雪ノ下は、思わず音のほうを見る。消灯された休憩室だ。

「あっ、こら、まだ話は……」

雪ノ下(ゆきのした)が止めるのを無視して歩き出す。間接照明だけの薄暗い休憩室に足を踏み入れると、部屋の片隅にある冷蔵庫の前で雪だるまがごそごそ蠢(うごめ)いていた。

「……なにしてんだ？　弓浜(ゆみはま)」

ぎくっ、とまんまるの背中が揺れる。

ナイロンの布巾を手にした弓浜優梨(ゆり)が振り返り、苦笑いを浮かべた。

「冷蔵庫の、おそうじなのです」

「や、それは見ればわかるけどよ」

頭をがしがしかきながら、記憶をたぐる。スタッフが当番制で月に一度行っている共用冷蔵庫の清掃。確か、今日の当番は相撲勝美(すもうまさみ)だったはずだ。

「まさみん、今日は用事があるから代わって欲しいって」

「用事？」

「審査部の人たちと、渋谷で飲み会だって」

「はあ？　この前もやってなかったか？」

「うん……なんか、すごく仲がいいみたい」

弓浜は赤くなった手にふうふう息を吹きかけている。冷凍室の霜取りをすれば、真夏でもこうなる。

「それにしても、なんだってこんな時間に」

「ＦＡＸ送信が今までかかっちゃって。今日はめっちゃ多くってさー」

「いや、そもそも今日はお前の番じゃないだろ」

「うん、それも、まさみんが……」

またもや、ため息。

遅れてやってきた雪ノ下に、俺は言った。

「さっきの言葉、撤回する」

「は？」

「シフトは守らなきゃいかんわ。お前の言う通りだ」

冷蔵庫の隣にある用具入れから、アルコールスプレーとキッチンペーパーを取り出した。アルコールを含ませたペーパーで、冷蔵庫の外側の汚れを拭き取っていく。

「マッキー？」

「早く終わらせようぜ」

ぐっ、と弓浜は声を詰まらせる仕草を見せた後、「うんっ！」と笑顔を弾けさせた。

角張った大きな冷蔵庫、それを抱きかかえるようにせっせと拭いてると、ふいに白い手が伸びてきた。灰色の埃のダマがたまった壁と冷蔵庫の隙間、誰も触れたくないその場所に象牙細工のような指が入り込んでいく。

「雪ノ下、なんでお前まで」

「早く終わらせるんでしょう？」

俺たちは無言で冷蔵庫をせっせと磨いた。大の大人が、残業代もつかない業務外の「奉仕」にしばし没頭した。

ようやく綺麗になった冷蔵庫を見つめて、弓浜は「よし！」と嬉しそうに微笑んだ。その緩んだ頰を見るだけで、なんだが疲れが取れる気がする。

それにしても、と雪ノ下が言った。ハンカチで額の汗を拭っている。

「どうして弓浜さんは、相撲さんの言うことを聞くの？　断ればいいじゃない。彼女が成績優秀者だから？」

何か弱みでも握られているのではないか？　言外にそう問い質す響きがある。

それに対して、弓浜の回答はシンプルだ。

「まさみんとは、同期だから」

「それだけの理由で？」

「たったひとりの同期なの。同期入社で残ったの、もう、あたしとまさみんだけ。だから辞めて欲しくないんだ」

俺から見れば相撲はいけ好かないヤツだが、弓浜にはまた別の見方がある。同期には、やはり特別な思い入れがあるものだ。俺の二人いた同期はもう、全滅してしまった。一人は転職し、もう一人は心を病んだ。今頃、どこでどうしてるのかわからない。

「事情はわかりました」

雪ノ下は淡々と言った。

「だけど、そういう情けがかえって彼女のためにならないこともあるわ。覚えておいて」

「うん……ありがとう」

お礼を言う弓浜を見る雪ノ下のまなざしが、ふっと優しくなる。まるで、懐かしいものを見るみたいに。

「さっきくしゃみをしていたけど、大丈夫？」

「あ、うん。平気平気」

「この職場、冷房効きすぎなのよね。どうにかしなさい、松ケ谷（まつがや）ＳＶ」

「それは、ビルの管理会社に言ってくれ」

俺に対しては容赦なく冷たい。

弓浜の癒やしオーラには、ホンテンさんも敵わないってことか。

翌日の午後である。

遅番で出勤した弓浜(ゆみはま)のところに、早番だった相撲(すもう)がつかつかと歩み寄っていった。その顔は気色ばんでいる。

「このお客さん、クレームになったじゃん」

相撲が突きつけてきたＦＡＸ用紙を、弓浜はきょとんと見つめた。

「優梨(ゆり)ちゃんが送信したこのＦＡＸ、間違って別のお客さんのところに届いたんだよ。番号、間違えたでしょ？」

「え、まじで」

弓浜は用紙を受け取り、自分の端末で番号を検索した。モニタをしばらく見つめていたが、やがて「しょぼん」と肩を落とした。

「ごめん……。同姓のお客さんだったんだね」

「だから何？　送信前に名前と顧客番号復唱してれば防げるよね？　優梨ちゃんの分までうち、怒鳴られちゃったじゃん。ねえ、どーしてくれんのー？」

ぐちぐちとなじる相撲。その声色も言い方も癇(かん)に障る。周りのスタッフも眉(まゆ)をひそめているが、相撲がじろりとにらむとあわてて視線を逸(そ)らしてしまう。お局(つぼね)様の心証を悪くすることは、この職場での死を意味する。

ＳＶ席から立ち上がり、仲裁に入った。

「もうその辺にしておけ。みんな見てるだろ」

　相撲はキッと俺をにらみつけると、赤すぎる唇をにぃ、とゆがめた。爬虫類の笑みだ。

「いいなー、優梨ちゃん。ＳＶさんにかばってもらえてー。仲いいとこういうときトクだよねー？　ねー？」

　弓浜はおろおろして、俺と相撲の顔を見比べた。

　このエドモンド女を怒鳴りつけてやりたい衝動をこらえながら、表面上は無視して壁の電光掲示板を指差す。そこには、待ち呼――「何人のお客さんが電話を待っているか」が表示されている。

「待ち呼五です。大至急フロントお願いします！」

　弓浜ははっとなり、反射的に電話機のスイッチを押した。「お電話ありがとうございます。丸菱信販カードローンお客様担当、弓浜です」。こんな状況でも、すぐにいつものトークが繰り出せる。その声はやわらかく、聞く者の心を和ませる。一見頼りなげに見える弓浜だが、その実、非常に優秀なスタッフであることを、俺は知ってる。

　そんな弓浜を、相撲は忌ま忌ましそうににらみつけていた。俺はもう一度叫ぶ。「フロントお願いします！」。相撲は渋々と自分の席に戻っていった。

　まったく……。

　回収率でいえばナンバーワンの相撲だが、俺の評価は低い。顧客からの質疑応答やクレーム対応の部分では、他のオペレーターに大きく劣る。たとえば、今のように電話が鳴りまくっているとき、率先して出るようなことを彼女はしない。抜群の成績をたてに、SVのいうことなんて聞きはしないのだ。

電話の波が一段落ついたとき、背後で冷たい声がした。

「相撲さんの存在は、この職場にとってプラスとは言えないわね」

ああそうかい、PCを操作しながら答えた。振り向かなくてもわかる。こんな冷たい声を出せる女はひとりしか知らない。どこからか見張っていたのだろう。

「意外だな。お前がそんなことを言うなんて」

「意外？」

「だって、相撲の回収成績は抜群なんだぜ。お前らホンテンからしてみれば、弓浜よりよっぽど使える人材ってことになるんじゃないか」

「――その成績が本物ならね」

囁くような声色に変わった。

思わず俺は振り向いて、雪ノ下の白い顔を見上げた。

「どういう意味だ？」

「彼女のトークを何度もモニタリングしたけれど、特別な点は何も見当たらなかった。トークスクリプト通りの対応――いえ、ときおり砕けた口調になったり、言い方がぞんざいになったりする点を加味すれば、点数的には中の下といったところ。あれで回収率が高いのは不思議としかいいようがない」

「言われなくたって知ってるよ。だが、それでも成績抜群なのは事実じゃないか」

そうかしらね、と雪ノ下は独り言のようにつぶやいた。物思いに耽るかのように、頰に白い手をあてる。

「何を考えてるんだよ？」

答えは返ってこなかった。

「現場を知らないホンテンに、何がわかるっていうんだ。頼むからひっかきまわすようなことはやめてくれ」

わざと憎まれ口を叩いたが、雪ノ下には無視された。もう、彼女は別の世界に思いを馳せている。同じ場所にいても思考が違う。価値観が違う。見えるものが違う。人間にはれっきとした格差が存在すると、彼女の細面を見ていると思い知らされる。

遥か高みに在る冷酷な女神は、この地獄でどんな裁きをくだそうというのか——。

地べたを這いずる社畜には、知る由もない。

◆

それから一週間後の昼休み。

休憩室の片隅で、俺はコンビニのおにぎりをかじっていた。手元には来年度から導入が検討されている新トークスクリプトの資料がある。今回の視察をもとに雪ノ下が上層部に提案したものらしい。ふん、確かによくできてる。腹立たしいほどに。ぱりぱりの海苔の切れ端が白い紙に散らばる。あとでまとめてシュレッダーに放り込んでやろう。

三十名ほどが詰める休憩室にはかしましいおしゃべりが満ちている。なにしろ女性率の高い職場だから、その女子校のような騒々しさは男性には耐えられない。ゆえにほとんどの男性社員は外に食べに行ってしまう。俺もそのクチだが、今月はソシャゲに課金しすぎて金欠なので逃げられない。

女だらけの休憩室のどまんなかに陣取る、五人の女性グループ。

成績トップの相撲勝美さまご一行である。

ジャングル奥地に生息する珍しい鳥みたいな声で互いにさえずっている。切れ切れに聞こえてくる単語は「男」「年収」「出世」。あー、うんざりうんざり。やっぱり牛丼屋にでも行けば良かった。

そのグループのなかには弓浜もいる。だが、彼女の声は聞こえない。ほんわか頷きながら相づちを打つ役割に徹している。そんなんで楽しいのかと思わなくもないが、これはこれでグループに不可欠な役割である。女性は「そうなんだ、すごいね！」という同意を欲して会話をするのだ。

そんな黄色い声のなかに、突然、野太いおっさんの声が割り込んだ。

「相撲クン！　ちょっといいかね？」

でっぷりとしたお腹がはち切れそうな、六十がらみのおっさんである。脂ぎった笑みをたるんだ頬に浮かべている。渋谷にある審査部の部長で、確か名前は……なんだっけ？　あだ名が「エビス」なのは覚えてる。

「えーっ、部長さん。どうしたんですかぁ？」

キャバ嬢みたいな声をあげて、相撲が立ち上がる。エビス部長もニコニコのニコ。ボトルキープでもしてんのかよ。

「千葉に寄る用事があったから、キミの顔を見に来たんだ。渋谷でも評判だよ？　三ヶ月連続回収率トップのエースの話は」

「ちょっとぉー、やめてくださいよおー、みんな見てるじゃないですかー」

部長の肩を馴れ馴れしく叩きながら、相撲が言う。「もっと！　もっと私を褒めて！　みんなの前で褒めて！」顔にそう書いてある。いい加減この地獄に長くいると、話し手の本音が字幕表示されるようになった。

「どうだね？　九月の正社員登用試験受けてみたら？　（訳：お望み通り褒めてつかわすぞ、ほれほれ）」

「んー、確かにそろそろかなぁって思ってるんですけど、私じゃ受かんないかなぁ～って

（訳：そう言うからには、根回ししてくれるんだろーな？　ああ？）」

「相撲クンなら間違いないって、この私が保証するよ！　（訳：ワシのおかげで正社員になれたら、わかってるよなあ？　げへへ）」

「それって審査部に推薦してくれるってことですか？　やったぁ♪　（訳：それとこれとは別だろ？　ま、なっちゃえばこっちのもんだしー、ぐふふ）」

まったく……。

こんな破廉恥会話が平然と行われているんだから、金融機関が聞いて呆れる。いつぞやのクレーマーが言った通りだ。汚い金貸し。

エビス部長が去った後、取り巻き連中が口々に相撲を褒めそやす。「いいなー、正社員！」「こんな千葉からアタシも出たーい！」内心はどうあれ、みんな笑顔である。

そんななか、輪に入れない者がひとり。

弓浜優梨。

どうにか笑みを作ろうとしているが、頬が強張っているのが遠目からも見えてしまう。

「まさみん、渋谷に行っちゃうの……？」

彼女らしからぬ干からびた声だった。

相撲は無邪気に頷く。残酷にも、このときだけ、彼女の笑みは可憐に見えた。

「だってうち、ずーっと審査部行きたかったんだもん！　そのために回収頑張ってさ。ようやく報われたってカンジ！（訳：こんな千葉のド田舎で回収なんてやってられっかよ。いちぬーけた）」

まだ字幕表示が切りかわっていなかったらしい。

だが、この程度なら俺じゃなくたって本心はわかるだろう。

「そうなんだ……。よ、良かったね！」

弓浜の顔色が悪い。

同期の渋谷行きにショックを受けている——だけではないように見える。思えばこのところ、彼女はずっと体調が悪そうだった。

ランチを食べ終わって、相撲たちは仕事に戻っていった。だが弓浜だけは椅子に腰掛けたまま、ぼんやりと手のなかのスマホを見つめている。そのまんまるとした背中がいつもより小さく見える。

心配になって声をかけようとしたそのとき、がっくりとその背中が崩れ落ちた。

机に突っ伏して動かなくなる。

「おい、弓浜？　大丈夫か？」

「ん。だいじょぶ。だいじょ……ぶ」

近くで見ると、額にじっとり汗をかいている。目もうるうる子犬みたいに潤んでいる。熱があるのだ。

「今日は早退扱いにしておくから、奥の仮眠室で休んでいけ」

「だめだよー。シフトに穴あいちゃうじゃん」

「仕事中に倒れられるほうが困るんだよ」

半ば無理やり、休憩室隣にある仮眠室へ弓浜を連れて行った。四畳半ほどの薄暗い空間に、大きめのソファーベッドと毛布が置いてある。ドアは開けたままにしておいた。

「ごめんねえ、マッキー」

ソファに腰掛けて弓浜は言った。枕代わりのクッションを膝の上に置いて、大きな身体を小さく丸めている。いつも元気な彼女がしょぼくれているのを見るのは、心が冷える。

「ショックだったんだろ。さっきの話」

尋ねると、ためらいがちに頷いた。

「友達の出世を嫉む、心の狭い女だって思われるかもしれないけど……」

「思わねえよ」

そんな理由じゃないのはわかってる。彼女がショックを受けたのは別のことだ。

「同期だなんだって、仲間意識をもってたのは、あたしだけだったんだね。片思い。はは、フラれちゃった」

「……」

かける言葉が見つからなかった。冷たい石のように、その言葉は俺の心に沈んでいった。片思い。

　ドアをノックする音が響いた。

　振り向けば、雪ノ下雪乃が腕組みをして立っている。

「松ケ谷くん。こんなところで女性スタッフと二人きりというのは、迂闊ではないかしら？」

「だから、ドアは開けておいただろ」

　ふむ、と雪ノ下は頷いた。「あなたにしては賢明ね」。そんなことを言いながら、弓浜のそばにしゃがんで彼女と目線を合わせた。

「具合が悪そうね。だからこの前言ったのに」

　その声は優しかった。やっぱりこいつ、弓浜には甘い。

「あは……、ごめんね。ちょっと、セーシン的ショックっていうか、なんていうか」

「精神的？」

　雪ノ下は俺に視線を移した。説明せよ、と言わんばかりである。

　休憩室の一部始終を話してやると、雪ノ下の表情は厳しいものへと変わった。

「審査部の部長が、どうしてコルセンのいちスタッフと懇意にしているのかしら？　ずいぶん、不自然なように思えるけれど」

「まさみん、顔が広いから。パーティーとか合コンとかよく出ているし」

　弓浜の言葉に俺も同調した。

「年に何回か、渋谷の本社と懇親会みたいなのがあるんだよ。向こうの若い男性社員と、こちらの女性パートをくっつけるみたいな意味合いのな。それで結婚したスタッフは何人もいる」

男性社員には早く身を固めてもらってバリバリ働いてもらう、それが本社の方針らしい。もっとも、コルセン勤めの俺はそんな世話などしてもらったことないが。

「その部長、六十くらいなんでしょう？　既婚者ではないの？」

「そりゃそうだろう。……だけど、まぁ、そこはな」

男と女が出会えば、不適切な関係が生じることはあるだろう。まさかパーティーはそういう目的もあって――というのは、穿ちすぎだろうけれど。

しかし、雪ノ下は納得しなかった。

「午前中、もう一度相撲さんの通話記録を調査していたの」

「お前もしつこいな。何度聞いたって同じだよ。俺だって何度もモニタリングしてるんだから」

「ええ、通話にはなんら不審な点はない。私が注目したのは、その前よ」

「その前？」

雪ノ下は頷いた。

「回収の電話をかける前、彼女はずいぶん準備に時間をかけている。顧客データベースに複数回アクセスして、検索している形跡があるわ。他のスタッフの何倍もね。確か、業務ルールでは『システムが提示する顧客から順に電話する』ことになってるわよね？」

「ああ、一応な」

システムが「最初はこの顧客に電話しましょう」「次はこれ」「その次はこれ」と提示してくる。スタッフはその指示に従って電話をかけていく。

「だけど、彼女はそのシステムに従ってるようには見えない。わざわざ業務前にデータベースを検索して念入りに何やら調べている。これは、不自然と言わざるを得ないわ。つまり――」

雪ノ下の視線が鋭さを増す。

「相撲さんは、客の選り好みをしている。なんらかの手段で回収しやすい客を見分けて、重点的に電話をかけている。そういう結論が導きだされるわ」

思わずため息が出た。

隣の弓浜（ゆみはま）も拍子抜けした顔をしている。

「何かすごい秘密でも見つけたのかと思えば、そんなことか……」

「そんなこと？」

「あのなあ。客の選り好みなんて、大なり小なり誰でもやってんだよ。システムのまんま言いなりになってるスタッフなんて、一人もいねえよ」

ためらいがちに、弓浜も口を挟む。

「あたしも、少し……。関西弁のお客さんはどーしても苦手だから、上がってきたら飛ばしちゃうんだ」

うちの職場あるあるである。言葉の荒い関西地方の客を苦手とする女性スタッフは多い。みんな嫌がって飛ばすので、俺が残業してまとめて関西弁のシャワーを浴びることもある。

雪ノ下は納得せず、議論を続けてきた。

「だけど弓浜さん、そのためにわざわざデータベースにアクセスしたりはしないでしょう?」

「それは、そうだけど」

弓浜は困惑したように視線を俺に移した。

「そもそも雪ノ下、その仮説には大きな穴があるぞ」

「穴?」

「回収しやすい顧客を、どうやって見分けるんだってハナシだ。そんな魔法みたいなことができれば、俺らは苦労しないんだよ」

カネを返してくれそうな客を、ただのデータの羅列から見分けるのはいくらなんでも不可能だ。話した後なら「この人は見込みありそう・なさそう」というのはわかるようになるが、前もっては無理である。

雪ノ下は今度は反論しなかった。「そうね」そうつぶやいたきり、黙り込んでしまった。

「あっ、で、でも、まさみん勘が鋭いから、もしかしたらそういうチカラがあるのかもっ。チョーノーリョク的なっ」

取り繕うように弓浜が言った。あわあわとせわしなく手足をばたばたさせている。丸っこい彼女がそんな風にすると、倒れた雪だるまが必死に起き上がろうとしてるみたいだ。

雪ノ下の口元に淡い笑み(え)が生まれた。

「お邪魔して悪かったわね。弓浜さん、ゆっくり休んで」

二人で仮眠室を出た。

もう休憩室には誰もいない。しんと静まりかえっている。

「いい子ね、彼女」

ぽつりと雪ノ下が言った。わざわざ頷(うなず)く必要を認めない。

「そう思うなら、相撲(すもう)のことはもう放っておけ。あんなやつでも、弓浜にとっては大切な同期なんだ」

「それとこれとは別よ」

雪ノ下は言った。すでに口元から笑みは消え去っている。

「私は私の仕事を果たすのみ。視察委員としての職務を全うするだけ。誰に恨まれようとね」

その言い方が無性に癇(かん)に障った。

冷徹な雪女と向かい合い、にらみつけた。

「ご立派なことだな。自分は汚れていません、汚くありませんって顔しやがって。そうやって高みから俺たちを見下ろして、楽しいのかよ？」

「私は見下ろしてなんかいない。そう感じるのは、あなたに引け目があるからではないの？」

「そういうところが見下ろしてるって言うんだ」

　声を抑えるのに苦労した。仮眠室の弓浜を起こしてはいけない。

「お前には歪な職場に見えるのかもしれんがな、相撲の存在もふくめて、全部予定調和なんだよ。ああいうお局はどこの職場にだっている。相撲がいなくなったら、また別の女がその座についてワガママやるだけの話だ。嫌なやつだからっていちいち排除してたら、コルセンなんて回らない。だからこれでいい。何も変えないのが一番なんだ」

　わかるだろ？　という意味をこめて見つめた。

　だが、雪ノ下は俺の「甘え」をはねかえす。

「前から聞きたかったのだけど、あなたはこの仕事に誇りを持っているの？」

「持てるかよ」

　吐き捨てた。

「持てるかよ。こんな仕事に誇りなんて。感情を、プライドを犠牲にしてカネもらってんだ。十年近く勤めて、顧客から感謝されたことなんて一度もない。死ね、守銭奴、悪魔、そんな罵倒の言葉なら何万回も浴びてきたがな。借金なんて、誰だって本当はしたくない。隠しておきたいことだろ。その秘密をわざわざほじくるのが俺たちの仕事だ。そんな仕事に誇りを持て？　綺麗事をほざくな！」

　もう声を抑えきれなかった。

「お前はどうなんだ、雪ノ下。ホンテン様ですってえらそうな顔をして風紀委員を気取り、傘下企業のミスや欠点をあげつらって告げ口する。他人の仕事ぶりを採点して悦に入る。そんな仕事に誇りを持てるって言えるのかよ？　なあ!?」

雪ノ下は押し黙った。長いまつげを伏せて、唇を引き結んでいる。猛然と反論してくるものと思いきや、そんなに俺の言葉が効いたのだろうか。

唇が再び開かれた。

「もう一度」

「……あ？」

「もう一度、さっきの台詞。言ってみて」

雪ノ下の顔を見つめ返した。

「『綺麗事をほざくな』？」

「違う。その前あたり」

少し考えてから答えた。

「『借金なんて、誰だって本当はしたくない。隠しておきたいこと』ってところか？」

雪ノ下は頷いた。

「そう……。なるほどね。『隠しておきたい』のね。なるほど。盲点だったわ」

「何が？」

雪ノ下はしれっ、とのたまった。

「私、借金なんて一度もしたことないもの。ローンも組んだことがないし。だから気づかなかったわ。なるほど、そういう気持ちになるのね。債務者って」

「……」

だから、そういうところが見下ろしてるって……。

いや、この女はどうやら天然らしい。ホンテンがどうの視察委員がどうのはすべて後付け。生まれついての天上人なのだ。

呆れる俺を置いて、雪ノ下はすたすた歩き出した。

「おい、何考えてるんだ？」

彼女は立ち止まらない。その背中で揺れる黒髪が遠ざかっていく。

「なんとか言えよ！　雪ノ下雪乃！」

ようやく彼女は振り返った。

だが、その唇から出てきた言葉は、雪のように冷たくて——。

「言葉は、無意味よ」

ドアのセキュリティロックにカードを通しながら、彼女は言った。

「私が何か答えらしいことを口にしたところで、あなたは納得しないでしょう。言葉なんかではひとは動かない。変わらない」

「じゃあ、どうするってんだ」

「問い直すのよ」

自分に言い聞かせるように、雪ノ下は言った。

「そう。私は問い直す。青春時代のあの問いを。何度でも」

◆

それから一週間、何事もなく経過した。

てっきり雪ノ下が何かやらかすと身構えていたので、拍子抜けしてしまった。相撲の成績トップの秘密を暴き、糾弾会でも開くものだと思っていたのだ。だが、彼女は淡々と視察を進め、微に入り細に入りミスを見つけては俺に小言を言った。いつも通りである。

結局、不正の事実なんて見つからなかったのだ。

何事もなくほっとした反面、どこか残念に思っている自分もいる。そんな自分自身に驚く。あの冷血女に、何を期待している？　この地獄を変えてくれるとでも？　まったく滑稽だ。社畜の見る夢ほど、滑稽なものはない。

弓浜も復調して、表面上は元通りに仕事している。相撲との仲もあいかわらずだ。様々な欺でいいのだ。

瞞を孕んでいるにせよ、ここにいる以上は同僚であり、同期である。いつも通りだった。これ

　八月も末となり、雪ノ下の視察も残すところあと数日。

　この日は朝から定例ミーティングが入った。先月と同じく成績優秀者が発表されるほか、スタッフから公募した「職場の士気高揚スローガン」の発表が行われる。葉岡課長の発案である。

「みんな」で考え、「みんな」で頑張る。ひとりはみんなのために、みんなはひとりのために。そういう綺麗なお題目を、あの坊ちゃんエリートは好んでいる。

　壇上で穏やかな笑みを湛える葉岡は、会議室に集まった俺たちに言った。

「全部で十五通、投稿がありました。みんな忙しいなかありがとう。どれも素晴らしいスローガンばかりだったけど、そこからひとつ、僕が特別良いと思ったものを紹介します。——相撲勝美さん」

　はぁい、と黄色い声で返事をして相撲が立ち上がる。

「君の考えたスローガン、読み上げてくれるかな?」

「えーっ、ちょっと恥ずかしいんですケドぉ」

「そんなことないよ。とっても良い案だったから」

　葉岡に褒められて、相撲の頬が桜色に染まる。例のエビス部長に褒められたときとは異なる、ガチっぽい反応。出世もしたいのだろうが、やっぱり女はイケメンに弱い。

こほんと咳払(せきばら)いした後、相撲は得意げな顔で言った。

「『絆　～ともに助け合うコールセンター～』」

うわぁ、と思わず声が出そうになった。

こいつ、本当にどのツラを下げて……。

他のスタッフの顔にも白けたものが浮かんでいる。相撲が弓浜(ゆみはま)にいろいろな雑用を押しつけているのは周知の事実、みんな彼女が怖くて見て見ぬふりをしてるだけなのだ。知らぬは課長ばかりなり。

「とてもいいと思うよ。絆。入れ替わりの激しい職場だからこそ、そういうものを大切にしていきたいですね」

葉岡が拍手すると、追従の拍手がぱらぱらと起きた。相撲はますます得意満面、ぺこりとお辞儀(じぎ)してみせる。すべてが茶番だった。ここには本当のことが何もない。本物がない。偽物ばかりだ。

そのとき、すっと白い手が挙げられた。

この虚飾に満ちた舞台劇に異議を申し立てるかのように、ぴんと伸ばされたその手の主は

――雪ノ下雪乃(ゆきの)。

葉岡が尋ねた。

「雪ノ下さん。どうしましたか？」

「実は私もスローガンを考えてきたのです。相撲さんの後で恐縮ですが、披露させていただいて宜しいでしょうか」

相撲の眉がぴくりと跳ねる。

「それは素晴らしい。どうぞ、お願いします」

「ありがとうございます」

雪ノ下は立ち上がると、じっと相撲を見つめた。相撲も見つめていたので、ちょうどにらみあうような格好になる。重苦しい沈黙が会議室に満ちる。

「『人　～よく見たら片方楽しているコールセンター～』」

世界が凍りついた。

誰も声を発しない。相撲も葉岡も、もちろん俺も、ただただ呆然とした。弓浜なんて、顎が外れそうなくらいあんぐり大口を開けている。

「……説明、してもらえますか？」

ようやく、葉岡が言った。

雪ノ下は静かに口を開く。

「人という字は人と人が支え合って――とよく言いますが、片方が寄りかかっています。誰かが犠牲になることを容認している。そう、たとえば面倒な雑用は同僚に押しつけ、自分は不正な手段で成績をあげてひとりだけ出世を目論む。そんな輩が跳梁する職場に、ふさわしいスローガンと考えます」

葉岡は苦虫をかみつぶしたような顔になった。

「そのスローガンは、本当にあなたが考えたのですか。雪ノ下さん」

「いいえ。高校時代の――クラスメイトのアイディアです」

彼女のまなざしがふっと緩んだ。ここではないどこか、遠く過ぎ去った日々をなつかしく眺めやるような、そんなまなざしだった。

次の瞬間、その温かさは消え失せた。

冷徹な視察委員のまなざしで相撲を貫く。

「相撲勝美さん。あなたには、心当たりがあるでしょう？」

「はあ？」

相撲の薄い唇から尖った声が出た。

それから猫撫で声を出し、葉岡に言った。

「私、なんのことだか。このひと、何か勘違いしてると思います」

「今、話しているのは私よ。こっちを向きなさい」

ぴしゃりと雪ノ下が言った。

「相撲さん。あなたの仕事にはアンフェアな部分が見受けられます」

「だから何が？　何を？」

「あなたの回収率トップの秘密」

会議室がどよめきに包まれた。雪ノ下が落とした爆弾に誰もが驚き、目を瞠っている。俺だって驚きだ。この中で一番驚いてる自信がある。

まさか、見つけたっていうのか？

「魔法」のからくりを？

周囲の注目が集まるなか、雪ノ下は分厚いファイルを鞄から取り出した。どこの文房具屋にも置いてある、ありふれたもの。青いプラスチックのカバーには、何も書かれていない。

「これは、あなたがこの半年間で督促電話をかけた顧客のリストです」

雪ノ下がさらっと口にしたその言葉に、またもや会議室がどよめく。

俺たちは一日あたり百件以上の電話をかける。そういうノルマになっている。それが半年分？　重複する顧客がいるとしても、一万や二万じゃ収まらない。それを全部ひとりで調べ上げたっていうのか？

「このリストを精査した結果、ひとつの事実が浮かび上がりました。あなたが回収に成功した顧客の半数近くが、ある条件に合致していた。偶然と片付けるにはあまりに多すぎる人数が。

――わかるわよね？」

「いい加減にしてっ！」

相撲は金切り声をあげた。

「条件って何？　借金を回収できる条件？　そんなのあるわけないじゃん！　ここで働いてるみんなならわかるでしょう？　そんな魔法どこにもないって！」

「いいえ。あります」

雪ノ下は言った。

その視線が、すっと、俺のほうを向く。

「非常に残念なことに、私ひとりの考えではありません。現場経験豊富な松ヶ谷（まつがや）ＳＶの意見がなければ、この答えには辿（たど）り着けなかったでしょう」

みんなの視線が俺に集まった。

だが、心当たりがない。俺が意見した？　何を？

「彼は私にこう言いました。『借金なんて、誰にも知られたくない。恥ずかしいこと』だと。もともと返すお金がない、あるいは返すつもりがない顧客はともかく、ここ初期督促チームは比較的軽度――『返すお金はあるけど、生活費に回したい』という顧客が大半です。つまり、払おうと思えば払える。そこに『他人には絶対知られたくない』という理由が加われば、どうなるでしょう？　多少苦しくても返してくれるのではないでしょうか？」

「それは、理屈だね」

葉岡が言った。

「だけど、他人に絶対知られたくない借金ってなんだい？　うちで扱うのはショッピングローンが主だから、金額はせいぜい数十万から百万円程度。そのくらいの借金なら、万一家族や職場にバレても大事にはならないと思うけれど」

「しかし、周りから理由は聞かれるでしょう。『何を買ったの？　なんのための借金なの？』と。ねえ、相撲さん？」

相撲は雪ノ下を憎い仇のようににらみつけている。

葉岡が焦れたように言った。

「肝心な部分が見えないな。何を買ったら、誰にも知られたくないって話になるんだい？　君のいう『ある条件』って？」

「それは――」

雪ノ下は口にした。

その決定的な回答を。

「包茎」

会議室から、音という音が消え失せた。

これまでとはまったく別種の沈黙だ。出し抜けに平手打ちをかまされたような表情でみんな雪ノ下を注視する。

いま、こいつなんて言った？

ほ、ほ……。

そんなこと、言っていいのか？

どこぞの議員のご令嬢で、ホンテン勤めのエリートが？　ほ、ほう……。

雪ノ下はさらに言葉を続けた。恥じる様子もなく、堂々と声を染み渡らせる。

「一番多かった項目は、包茎手術。次いで美容整形。それから豊胸手術、ペニス増大手術など。これらの支払いに御社のカードを使った顧客のリストを、相撲さんは何らかの手段によって手に入れた。通常のスタッフの権限で調べることは叶（かな）いませんが、もっと上の役職なら造作もないことでしょう。そう――たとえば、審査部の部長あたりなら」

相撲の肩が震（ふる）えた。

マスカラで盛ったまつげを伏せて、視線を上げようとしない。

「これらの手術の費用は高額で、種類によっては数百万かかることもあるそうです。一括で払うのが難しいので、カードローンを利用する人は大勢います。相撲さんが回収した顧客には、その割合が異常に多い。たとえば、先月の二十日。あなたは包茎手術を受けた客ばかり五十人も督促電話をかけている。これは偶然ですか？」

相撲は沈黙を続ける。

だが、その頬は厚塗りの化粧もぶち抜くくらい、赤く染まっている。

「偶然――なわけないわよね？　包茎手術した顧客ばかりに電話してるなんて、普通に考えてあるわけない。それともあなた千里眼でも持っているのかしら？　包茎手術を受けた男性を名前だけで見抜けるとでも？」

「うるさいっ！」

たまりかねたように、相撲が声を荒らげた。

「さ、さっきから聞いてりゃ包茎包茎うるさいのよあんた！　恥じらいってもんがないの？　ホンテンのエリートが恥ずかしくないのそんなこと言って!?」

「恥ずかしくありません」

雪ノ下はまっすぐ背筋を伸ばした。

薔薇の一輪挿しのごとく、この地獄のような職場に咲き誇る。

「私の仕事は、誰からも感謝されません。銀行から視察に来られて嬉しいと思う職場は皆無でしょう。ありがとうとは言ってもらえない仕事です」

そのとき、俺のことをちらりと見た。

「それでも、これが私の仕事。視察して問題点を洗い出し、よりよい職場づくりに貢献する。最終的には必ずみなさんの幸福に反映されると信じています。恥ずかしいなんて、誰が思うものですか。これが私の仕事。これが、私の誇りよ」

相撲の唇が開かれ、そして再び閉じられた。

蠟で固めたように蒼白になった顔が、ゆっくりと下を向く。

「どこから相撲さんがそのリストを手に入れたのか、今後はその点を調査していくことになるでしょう。――以上です」

それだけを言うと、雪ノ下は席についた。

勝負ありだ。

気まずい沈黙がしばらく流れた。誰も声を発しない。ため息をつくことすらはばかられる雰囲気だ。相撲の打ちひしがれた横顔を、弓浜が心配そうに見つめている。それ以外の者は、相撲を見ようともしなかった。

「あー、ええと……えー……」

葉岡が何度も咳払いした。

「この件は、とりあえず僕が預かります。二人とも、この後課長室まで来てください」

それで、ミーティングはお開きになった。

まったく、雪ノ下の仕事ぶりはすさまじいのひとことだ。

相撲の秘密をこんな形で暴いてしまうなんて。

相撲が電話した顧客データをすべて洗い出すなんてこと、他の誰ができるだろう。まして、その中から特殊な共通項を見つけ出すなんて、鬼神の業と言わざるを得ない。

だが――。

果たして、雪ノ下は気づいているだろうか。

誰も、何も、救えてないことに。

翌日、相撲勝美は仕事を休んだ。

無断欠勤だった。

病気などで当日欠勤する場合はＳＶに連絡を入れることになっている。しかし、定刻の朝九時をすぎても、相撲からはなんの連絡もなかった。これまで、無遅刻無欠勤だった彼女だ。ちょっとした事件になるはずだが、職場に流れたのは「やっぱり」という雰囲気であった。

あんな風にみんなの前で糾弾された後で、来られるはずがない。

相撲の携帯にかけてみたが、電源が切られている。今は職場の誰とも話したくないに違いない。弓浜に話を聞こうと思ったが、彼女は今日シフトに入っていない。

このまま辞めてしまうのだろう。

多くのスタッフが、そうやって姿を消してきた。ある日突然、無断欠勤する。それが数日続いた後、辞めさせて欲しいという連絡が来る。本人が鬱状態で来られないということで、親が代わりに来ることすらあった。そういう職場なのだ。

相撲欠勤のしわ寄せは、たちまちやってきた。

なにしろ人手不足の職場だ。たったひとり抜けただけでもパンクする。しかも今日は月末の給料日直後。もっとも支払い関係の電話が多い日である。案の定、朝からベルの波が押し寄せた。別部署のスタッフまで駆り出して受電したが、捌(さば)きされる数ではない。「放棄」(電話に出られず、そのまま切れてしまうこと)の数は、午前中だけで五十八件に及んだ。俺がＳＶに就任して以来、これはワーストの成績だった。

昼休みになるころには、ほとんどのスタッフが喉をからしていた。俺も声がカスカスになり、最後に受電したお客さんから「夏風邪?」と心配されてしまう始末だった。休憩室で、喉スプレーをシュッシュした。食欲がない。昼飯はのど飴(あめ)とはちみつジュースだけになりそうだ。

ぐったりソファに座っていると、誰かが近づく気配がした。艶々とした黒いパンプスのつま先が見える。長い髪の影がカーペットに揺れている。

「これで、満足か?」

顔を上げないまま言った。

「お前が自分の誇りとやらを完遂した結果が、この有様だ。相撲が辞めて、職場から不正がなくなった。お前はそれでいいさ。手柄を持ってホンテンに帰れるんだからな。だが、俺たちには何が残る？　相撲というスタッフがひとり抜けた、ただそれだけだよ。そのしわ寄せは俺たちに来るんだ。お前が天下のメガバンクに戻った後も、この地獄で働き続けなきゃならない」

影は無言のままだ。

「お前のやり方じゃ、誰も救えない。何も変わらない。お前がやったことは、ただひとりの人間を排除しただけだ。そんなやり方ならガキだってできんだよ。職場は戦力を失い、弓浜は同期を失った。どうしてそんなやり方しかできないんだ。え？　なんとか言えよ——雪ノ下！」

顔を上げた。

雪ノ下の視線とぶつかった。

その後ろには、弓浜優梨が立っていた。表情に困惑を貼り付けている。

そして、弓浜の隣には——。

「えっ？」

相撲勝美が、そこには立っていた。

叱られた子供みたいな顔で、バツが悪そうに視線を逸らしながら、ぼそぼそと言う。

「午前中休んじゃってごめんなさい。午後からシフト入るんで……スミマセンでした」

ぽかーん、と口を開けてしまった。何も言葉が出てこない。

なぜ？　なぜ、相撲がここに？

「家まで迎えに行っていたのよ。弓浜さんを連れて」

いつものように冷たく、雪ノ下が言った。

「他のスタッフに示しをつける手前、あの場で糾弾はしっかり行う必要があった。だけど、その後のフォローがないと完璧な仕事とは言えない。休日の弓浜さんに協力してもらうのは気が引けたけど、一緒に行ってもらえて助かったわ」

「ううん、ぜんぜん！」

弓浜はにこにこと笑って右手を振った。

「あたしだって、まさみんに辞めて欲しくないし！　むしろ声かけてもらえて良かったよ！」

俺は相撲に視線を向けた。

「じゃあ、辞めないんだな？」

相撲はおずおずと頷いた。

「うちだって、ここ辞めても行くところないし……。雪ノ下さんが上に取りなしてくれるっていうから」

雪ノ下は事も無げに言った。

「実はこの件、相撲さんはある意味で被害者だったのよ」

「……あ？」

「相撲さんは、審査部の恵本部長からしつこく言い寄られていた。交際する見返りにあのリストを渡された。ついつい出来心で使ってしまったけれど、今はそのことを悔いている。リストを部長に返却して、心を入れ替えて働くって言ってるわ。そうよね？」

はい、と相撲は消え入りそうな声で答えた。

雪ノ下は続ける。

「相撲さんに問題がないとは言わないけれど、そんな話を持ちかける恵本部長により責任が大きいと私は考えます。いわば一種のパワハラ・セクハラだもの。いちスタッフの問題というより、丸菱信販の体質そのものの問題です。相撲さんにも多少のペナルティを負ってもらいますが、恵本部長にはより多くの責めを与えることになるでしょう」

話を聞きながら、俺は理解した。

つまり――そういう筋書きにするということだ。

そういう「絵」を雪ノ下が描いたということだ。

いつぞやの休憩室でのやり取りを見る限り、エビスもとい恵本部長と相撲はお互い納得ずくだったに違いない。セクハラやパワハラがあったとは思えない。だが、そういうことにする。

相撲は譴責程度で留め、彼女の証言を利用して上層部に粛正のメスを入れる――。

それが、雪ノ下の筋書き。

真の目的ということだ。

考えてみれば当然である。ホンテンの視察委員が、いちパートスタッフの不正を暴いて終わりなんて、しょぼい成果で満足するはずがない。相撲を不問に伏してもっと大物を狙う。そういうことなのだ。

「あれか、司法取引みたいなもんか。……ずっる」

「あなたの解釈に興味はないわ」

素っ気なく言うと、雪ノ下は相撲に向き直った。

「これからはしっかり頼むわよ、相撲さん。ＦＡＸ送信だろうと冷蔵庫の掃除だろうと、自分の仕事に誇りを持って。誰かに押しつけるなんてことがないように」

「…………はい」

「返事。聞こえない」

「はぁい！」

ヤケクソ気味に相撲は叫んだ。

そんな同期を見て弓浜はおかしそうに笑う。

事態は収まるべきところに収まったのだ。

見事な仕事だった。

◆

視察最後の日。

雪ノ下がこの地獄ですごす最後の日に、弓浜が言い出した。「三人だけで送別会しよう！」。

雪ノ下は微妙に顔をしかめたが、結局嫌とはいわず駅前の居酒屋までついてきた。

馴染みの店なので、個室の座敷を使わせてもらった。中ジョッキで乾杯して、しばらくとりとめない会話をした。といっても、しゃべっていたのは弓浜が七割。こんなヘンなお客さんがいた、みたいな仕事の笑い話から、最近ハマってるという小説書きダイエットなるものの話まで、多岐にわたった。雪ノ下は「なるほど」「確かに」「論理的ね」と、いちいち生真面目に頷いていた。

やがて、静かになった。

ジョッキ二杯で酔いつぶれた弓浜が、机に突っ伏して寝こけてしまったのである。

そんな彼女の肩に、雪ノ下は上着をかけてやった。

「お前、本当に弓浜には甘いよな」

「彼女を見てると、昔の友人を思い出すから」

居酒屋でも背筋を伸ばして座る雪ノ下。その振る舞いには酔いの影すら見えない。店内には演歌が静かに流れ、そこに時折、酔客の笑い声がかぶさる。

「似たようなことが、高校時代にあったの」

「あん？」

「今回の事件。これと似たようなことが、高校のときあったのよ」

すぅすぅ寝息を立てる弓浜の顔を見つめながら、雪ノ下は言った。

「そのときも、名探偵雪ノ下サマが解決しちまったってわけか？」

ところが、彼女は首を振った。

「私はそのとき、無力だったわ。為すすべがなかった。つまらない対抗心で心をすり減らし、過剰な仕事に押しつぶされそうになっていた。だけど——そんなとき、救われたのよ。『彼』に」

かれ。

その発音は、どこか甘い。

「いわば恩人か。お前の」

雪ノ下はまた首を振った。

「救われた、のだけれど——私は『彼』のやり方がまちがっていると思った。肯定したくなかった。だから、事ある毎に問い直しているのよ。今の私ならどうするか、って」

問い直す、と雪ノ下は言っていた。

何度でも問い直す。青春時代のあの問いを。何度でも——。

「その彼ってのに、一度会ってみたいもんだな」

この雪女にこんな台詞を言わせるのはどんな男かと、興味が湧いた。どんなに頭がキレるのか。どんなに器がでかいのか。どんなに……。

雪ノ下は突き放すように言った。

「それらの予想、全部はずれよ」

当たり前のように人の心を読むんじゃねえよ。怖え。

「あなたに少し似てるけど、でも、やっぱり違う」

雪ノ下は俺の顔を見つめた。俺を見ているようで見ていない。おそらく、俺を通して「彼」を見ている。

「そんないい男なら、捕まえておけば良かったのに」

冗談めかして言うと、雪ノ下は首を振った。自嘲めいた笑みが口元に浮かんでいる。

「今にして思うのよ。彼は、私の青春時代だけに存在した淡い幻——融けゆく雪のような存在だったんじゃないかって。私が私であるために、彼は必要な存在だった。だけど、今は違う。もう少年と少女じゃない。だから、問い直さなきゃならないのよ。まちがえないように。もう二度と——」

一気にそこまで話してから、言葉を切った。

断ち切るように首を振り、雪ノ下は立ち上がる。分厚い財布からお札と小銭を取り出した。一円単位できっちり割り勘。さすが銀行員だ。

「一ヶ月間、お世話になりました。松ヶ谷（まつがや）ＳＶ」

深々と頭を下げる彼女に、俺も頭を下げた。「お疲れさまでした」。出会ったときは予想だにしなかった言葉が、自然に出た。

「最後にひとつ、いいことを教えてあげる」

「あ？」

「猫好きなら、カルフール……ああ、今はイオンだけれど。あそこのペットショップ行きなさい。いろいろ捗（はかど）るわよ」

顔が赤くなるのを抑えられなかった。最初に会ったとき、仕事中に見ていた猫動画。今持ち出されるとは思わなかった。

「知ってるよ。行きつけだから」

すると、雪ノ下はぷっと吹き出した。いい顔で笑った。最後の最後にサプライズ。いや、マジで驚いた。この女でも、声を出して笑うことがあるのか……。

「弓浜（ゆみはま）さんと、おしあわせに」

どうやらそれが、別れの挨拶（あいさつ）らしかった。

雪ノ下が去った後、俺はジョッキの底に残ったビールを飲み干した。温（ぬる）くなったビールは酸味が強くて不味い。だが、今は別の苦さを感じた。

「どっかで、まちがえたのかな」

就職して十年。やるだけのことはやってきたつもりだった。

だが、自分の仕事に胸を張れない俺は……やはり、どこかで道をまちがえたのかもしれない。

俺はもう一度問い直すことができるだろうか。

彼女のように。あるいは「彼」のように。

人生はいつだって取り返しがつかない。

まちがえてしまった答えはきっとそのまま。

それを覆すなら、新たな答えを導き出すほかない。

だから、もう一度、問い直そう。

正しい答えを知るために。

もう一度――彼女に会えたとき。

もう、まちがえないと。

胸を張るために。

了

# 斯くして、彼の前に新たな敵は現れる。

渡航

男子家を出ずれば七人の敵あり、と言う。

殊に会社経営の傍ら、県議も務める身なればなおのこと。二足の草鞋を履きながら、おっとり刀で駆けつけるたび、都合十四の敵がいる。

無論、味方も数多くいるが、面従腹背の輩が面子をかける伏魔殿では、心安く接せられる関係は望めない。そも、社会に出てからこの方、利害や打算抜きに、真実真心をもって人と付き合ってきた覚えがない。それは肩書きの有無にかかわらず、いわゆる世間一般の大人であれば多くの者が感ずるところであろう。

それゆえ、男子家を出ずれば七人の敵あり、という言葉には常に実感が伴っている。

しかし、その手のことを表立って口にするほどに愚かではない。昨今の風潮を鑑みれば、男子に限定すること自体が実に前時代的だと批判されることは想像に難くなく、また周囲の人々を敵と断ずるはレイシズムととらえられかねない。

何より、我が家においてそんなことを口走ってしまえば、あの空恐ろしいほどに整った美麗な顔立ちでもって、『あら、では家の中なら敵はいないのかしら』などと薄い微笑みを投げかけられてしまうに違いないのだ。

　その問いかけに否と即答できないのがなんとも歯がゆい。彼女たちを敵だと断ずるつもりはまったくないが、けれど、味方であるとも言い切れないのが悩ましいところだ。

　妻と娘たちは常であれば聖人君子や良妻賢母と称賛されてしかるべきだ。しかし、時に邪知暴虐の王をはるかに凌ぐ悪鬼羅刹の顔を見せる。

　だからまぁ、差し引きすれば、小悪魔という表現に落ち着くのだろう。

　……いや、その程度の形容ではやや不十分かもしれない。小悪魔と呼ぶにはいささか存在のスケール感が大きすぎる。怖い時はとことん怖い。特に妻は本当に怖い。長女も最近とても怖い。次女はひそかに怖い。

　しかし、怖いからこそ、可愛らしさを見せた時の破壊力が圧倒的だ。あさま山荘事件における鉄球のように理性の壁をたやすく打ち砕く。

　敵味方に色分けできず、小悪魔と呼ぶには可愛すぎて怖すぎる彼女たち。

　であるならば、彼女たちは女神と呼ぶのがふさわしかろう。

　あまたある神話や英雄譚において、女神は必ずしも味方として語られているわけではない。恐怖や混沌の象徴として存在することもある。

　妻も娘たちも、数々の神話に謳われる女神さながらに、慈愛と恐怖、両極端な性質を併せ持ち、気まぐれに下々の心を奪っていく。凛とした容貌の美しさもさることながら、ふとした瞬間に覗かせる少女のような愛らしさもまた女神らしいと言えるだろう。

男子家を出ずれば七人の敵あり。

雪ノ下家に帰れば、三柱の女神あり。

それゆえ、私は家に帰ったとて、心落ち着くことなどない。今日もまた彼女たちの気まぐれに私は振り回されることになるのだろうから。

× × ×

後部座席の車窓を流れる景色の中、月明かりに夜桜が舞い散っていた。

赤信号に引っかかり、運転手がゆっくりと自動車を止めると、街灯で照らされた桜の枝先にほんのわずか、柔らかな葉が覗き始めているのが見えた。

既に四月も半ばに差し掛かっている。事務所やオフィスに引きこもってばかりいたせいで、時の移ろいに気づかずにいた。

新たな年度に切り替わる慌ただしさからも解放され、私自身、どこか心に余裕が生まれてきたらしい。自宅とオフィス、事務所、さらには出先とめまぐるしく動き回っていたがようやく一息つくことができた気がした。

ぼんやりと眺めていると、信号が変わったのか、車はまた静かに走り出す。緩やかな加速も穏やかなブレーキングもプロのそれだ。私も若かりし頃はそれなりに乗り回した口だが、やはり運転を生業にしている専門家には遠く及ばない。義父について仕事を始めたばかりの頃は他人の運転になかなか慣れなかったが、今ではなんの違和感もなくなっていた。

我が家の前に到着し、運転手が後部座席へ回ってドアを開けてくれるのも、日常的なことだと受け入れてしまっている。

ありがとう。お疲れ様。おやすみ。また明日。

さて、自分は今どんな言葉を言っただろうかと思うくらいに、まったくの無意識で別れの挨拶を口にして車を降りた。

運転手は無言のまま一礼し私を見送ってくれる。それに私は首肯にも似た目礼を返して、門をくぐった。

まったく慣れというのは怖いものだ。

運転手の存在も、やけに大きい邸宅も、県議や会社の仕事も、新しい苗字にも、最初は戸惑いばかりだった。

そもそもこうした暮らしに縁遠かったというのもある。もともと政治の道やあるいは会社経営を志していたわけではなく、たまたま妻の実家がそうした一族だったというだけなのだ。

今でこそ女性の政治家も増えてきているが、当時は男性の方が割合としては圧倒的に多く、私も婿入りしての後継を望まれた。

私自身は別段継ぐというほど御大層な実家があるわけでなし、それが結婚の条件と言われれば二つ返事で受けるだけのこと。

免許や銀行口座その他諸々の書類関係の書き換えには辟易（へきえき）したものの、それくらいしか面倒ごとはなく、私はいつしか雪ノ下（ゆきのした）家の人間になっていた。

新たな姓を名乗り、義父の職や地盤を継ぎ、二人の娘にも恵まれた。

遮二無二（しゃにむに）仕事に打ち込むうちに、議員センセイや社長といった肩書きにも慣れ、今ではこれが自分の日常なのだという自覚が生まれていた。

だが、夫、そして父親という立場には未（いま）だ慣れていない。

結婚時から起算して二十年以上のキャリアがあるはずだが、それでも充分に役目を果たしていると、胸を張って言うには少々自信が足りていないのが実情だ。娘たちが思春期に差し掛かってからはなおさらである。

陽乃（はるの）と雪乃（ゆきの）。

二人の娘は妻に似て、賢く美しく成長したが、だからこそ父としては時に心配にもなる。才色兼備であるが故にいらぬやっかみを受けはしまいか、雪ノ下の家は重荷になりはしまいか、可愛（かわい）すぎるあまり変な虫が近づきはしまいか……。

心配事の種は浜の真砂がごとく、尽きることはないのだが、さりとてあれこれ口を出すのも憚（はばか）られ、また鬱陶（うっとう）しそうな目で見られると悲しくもあり、私は今一つ娘たちと踏み込んだ話をすることができずにいる。

だが、父親が頼りない分、母親が厳しくも優しく、深い愛情を注いで接してきてくれた。その厳しさたるや、娘たちよりもまず私に対して厳しいくらいである。どれくらい厳しいかと言えば、昨今の市況くらい厳しい。厳しすぎるのではないだろうか。

雪ノ下家の家業を継いだ当初から、早々に楽隠居を決め込んだ義父よりも妻の方が私の仕事に手厳しい評価をしてきた。おかげで私はいっぱしの仕事ができるようになったが、その分だけ、家に帰るのが怖くもなったものだ。いや、今でも多少は怖いが。

私は玄関へと入る間際、なんなら仕事の時よりも緊張感を高めて、ドアを開ける。

すると、扉の先、上がり框には既に妻が出迎えに立ってくれていた。

和装にしっかりと髪を結いあげた妻はたおやかな笑みとともに緩やかに一礼する。その柔和な微笑みは出会ったころと変わらず、いやあのころよりも美しい。

「おかえりなさい」

「ああ、ただいま」

コートと鞄を受け取ろうと手を差し出してくれる妻に、ありがとうと礼を言いつつもかすかに首を振ってそれを固辞する。そも私はごくごく一般的なサラリーマン家庭の出であるため、こうした仰々しい出迎えや大和撫子然とした所作に免疫がないのだ。それは二十年以上経った今でも変わらない。

しかし、こちらへ差し出された手が下ろされることはなく、妻は無言のままにっこりとした笑みを浮かべている。

私が差し出すまでそのままでいるぞと言わんばかりの強い意志に根負けし、抱えていたコートだけを渡すと、ようやく引き下がってくれた。

別に鞄を預けるのが嫌なわけではなく、その心遣いは常に嬉しく思っているが、新婚の頃からの習い性なのだから仕方がない。今でこそ、鞄に大した物は入っておらず、手ぶらで出かけることも多くなったが、若かりし頃は期待や責任や意気込みも相まって鞄はずっしりと重かったのだ。時を経るにつれ、様々なものを預けることができるようになったが、しかし、その分だけ余計な重荷は背負わせまいと思って、私は今も自分で鞄を持つことにしている。

まぁ、つまるところ、荷物を受け取ろうとする妻も、自分で持とうとする私も、似た者同士の頑固者なのだろう。

そんなことを思いながら、玄関から続く長い廊下をしずしずと歩く妻を見て、私は知らず微苦笑をこぼしていた。すると、妻がちらとこちらを振り返る。

「今日は陽乃も帰ってきてますよ」

「そうか。珍しいな」

ついこないだ一人暮らしをしていた次女が戻ってきたかと思ったら、それと入れ違いに長女が家を出ていたのだ。私も仕事で家を空けていることが多いので、家族が揃うのは正月以来になる。久しぶりの団欒の予感に、私の歩く速度が上がると、それと対照的に妻の足取りはやや重くなった。

「そうでもないでしょう。あの子はちょくちょく帰ってきますから」

妻は頭痛でも堪えるかのようにこめかみに細く長い指先をあてると、呆れとも疲れともつかないため息を吐く。

「家を出る気があるのだかないのだか……」

「……そういうところも珍しいな」

私が言うと、妻ははてと小首を傾げた。そんなあどけない仕草や表情は出会ったころから変わらない。

妻は陽乃に期待をかけている分、どうしても厳しく接することが多い。陽乃がそれを煩わしく思っている節はあるものの、彼女も長子としての責任感からか、甘んじて受け入れてくれていたようだった。

だが、妻の口ぶりから察するに、その関係性はいささか変わったらしい。

これまでであれば、妻は陽乃が家を出ることに否定的であったろう。今はまだ我が家の所有するマンションでの一人暮らしだから認めているにすぎなかった。しかし、先の言はいずれ実家を出ることを容認しているようにも取れる。妻のそうした態度はやはり珍しい。

さては私の知らない間に、妻と陽乃の間で何かあったかな……。などと考えつつ、ネクタイを緩めていると、ちょうどリビングへと差し掛かった。

寝室へと向かう間際、ちらりとリビングの様子を覗くと、雪乃と陽乃は何を話すでもなく、ソファに座り、思い思いの時を過ごしているようだ。

陽乃はロックグラス片手にテレビを眺め、上機嫌にけらけら笑っている。対して、はす向かいに座る雪乃はティーカップを手に文庫本のページを手繰っていた。だが、時折、思い出したようにスマートフォンを手にすると、ふっと柔らかな笑みを浮かべ、いそいそと何やら打ち込み始める。

これまた珍しいこともあるものだ。雪乃があんな表情を見せるのは『岩合光昭の世界ネコ歩き』を見ているときくらいだと思っていたのに。SNSで猫動画でも投稿されていたのだろうか。いや、それにしてはどこか照れくさそうに足をばたばたさせ、クッションに顔を埋めるのは不自然だ。そも、雪乃が家でスマートフォンを身近に置いていること自体が珍しい。加えて言えば、雪乃のそんな奇行めいた素振りを陽乃がからかうでもなく、さもありなんとばかりに見て見ぬふりをしているのも不自然極まりない。

考えれば考えるほどに、疑問が深まっていく。寝室がある二階へと向かう階段を一歩また一歩と登っていくうち、私の想像は徐々に形を成していき始めた。

そして、寝室にたどり着くと同時に、疑問の答えにもたどり着いてしまう。

……まさかとは思うが、と、私が話しかけようとした矢先、クローゼットにコートをかけていた妻の方が先に口を開いた。

「そういえば二人とも、あなたに話があるようだけれど……」

瞬間、嫌な予感がした。

今しがたの雪乃の素振りに加えて、わざわざ改まって話がある、とくれば、その内容は自然と限られてきてしまうのではないだろうか。

「……着替えたらすぐに行くよ」

震えそうになる声音を無理くり押さえつけて、努めて平静を装う。だが、そんな小手先の猿芝居はお見通しだったのか、妻がくすっと笑った。

「ええ。では、お茶の準備をしてますから」

妻が先に寝室を出るのを見送って、私はのろのろと着替えを始める。

着慣れているはずの背広がやけに重い気がしてならなかった。

×　×　×

ゆっくりたっぷり時間を使って部屋着に着替え終えると、私はこれまたゆっくりと一段一段確かめるようにして階段を下りた。

それだけの時間をかけなければ覚悟を決めることができそうにない。

なんせ今まで娘たちに浮いた話などなかったのだ。無論、見目麗しく愛らしい性格をした子たちだから、異性から注目されることは多かっただろう。だが、聡明なあの子たちは自身の容姿について正しく理解し、うまくあしらってきたのだと思う。

なにより、二人の幼馴染みには葉山さんのところの隼人君がいる。幼いころから老若男女問わず人気で、周囲の大人たちからの受けもよかった彼を間近に見ていれば、並みの男子では相手にならないはずだ。彼と比較される男子諸君が可哀想になってくる。

いや、待てよ？　話というのは隼人君とのことについてという可能性もある。

葉山さんとは先代の頃より家族ぐるみでのお付き合いが続いているし、私も妻も彼には好印象を抱いている。娘たちが誰それと付き合うということになれば、その最有力候補に名前が挙がるのが彼だ。父としては複雑な気分ではあるが、もし万が一仮に彼が娘と良い仲になるというならそれを歓迎しないこともなくはないかもしれないとまでは言えないこともない。ない。

端的に言えば、その手の話をあまり聞きたくはないというのが正直なところだ。しかしながら、娘たちから話があると言われてしまえば、それを断るのも気が引ける。私は父親として未熟だという自覚があるからこそ、娘たちのお願い事は極力叶えてやりたいと思っているのだ。

だんだんと気分が沈んでいくと、私の足音もひそやかなものへと変わっていく。リビングのドアノブを捻るときでさえ、物音一つ立てることはない。

暗澹たる気分でリビングのドアを開けると、ふわりと紅茶の香りが漂ってきた。ハイティーと呼ぶにはいささか遅い時間だが、妻と娘たちは三人揃ってお茶を楽しんでいる。

「わたしたちとはご飯行ったんだし、そうなると次はやっぱりお父さんじゃない？」

「絶対嫌。……というか、向こうが絶対嫌がるわ」

革張りのソファに沈み込んでいる陽乃がお茶菓子をひょいと口に放り込みながら、なにやら気になることを言っていた。一方、話しかけられたと思しき雪乃はティーカップを指先でつまみ上げると、実に苦そうに紅茶を飲む。

「そういうものよ。お父さんだって、最初はすごく嫌がっていたもの。けれど、それをうまく誘導するのが……」

言いかけた妻は、ドアの横で亡霊のようにぼーっと立ち尽くしている私を見つけると、言葉の続きを飲み込んで、空のティーカップに紅茶を注ぎ始めた。

その所作で気づいたのだろう、陽乃と雪乃も私の方へ振り返る。

「あ、おかえりー」

「おかえりなさい……」

陽乃は気安く、雪乃は気まずげに声をかけてくれる。久しぶりに家族が揃った姿に、私は知らず安堵にも似た吐息を漏らしていた。

「……ああ、ただいま」

妻が淹れてくれた紅茶を手に、私もソファに座る。長く使い込んだ革は、腰を下ろすと緩やかにたわみ、優しく包み込んでくれるようだった。あるいは、家族もそうしたものなのかもしれない。最初は硬く、強張っていても、長い時を経て、丁寧に手入れをしていくことで、やがてしっくりと馴染んでくる。ふふっ、夜毎ぴかぴかに磨いてきてよかった……。

　などと、ひとり悦に入っていると、お茶菓子をあむあむしていた陽乃が紅茶でそれを飲み込み、先の会話の続きを口にする。

「……まぁ、嫌がるのはわかるけど、あんま時間かけてもねぇ。もう既成事実作って追い込んじゃったほうが早くない？　どうせあの子、逃げらんないんだし」

　出し抜けに言われた言葉に私の腰がずるりとソファから滑りそうになってしまった。ふふっ、どうやら夜毎ソファを磨きすぎてしまったかな……。ふふっ、もうつるっつるだよつるっつる。ふふっ、おかげで『あの子』や『既成事実』といった単語もうまいことつるっと聞き流すことができた。ふふっ、夜毎ぴかぴかに磨いてきてよかった……。

　気を取り直して、よっこいせっと座りなおすと、それを見計らったように今度は妻が指を口元に当て、ふむと考えるような仕草を見せる。

「既成事実の種類にもよるわね。もう少し見極めたほうがお互いのためでしょう。もっとちゃんと調べてから、ある程度将来性の担保をとってからでないと……」

「そんなこと言ってたら誰かに取られちゃうよ。ねぇ？」

　陽乃が傍らへからかような笑みを向けると、雪乃はむっと唇を尖らせ、不満げな視線を返す。だが、それよりもなお鋭い眼光を見せたのは、妻だった。

「……その可能性は否定できないわね。特にあの子たちが厄介そうだわ」

「あー、あの二人ねー」

「そんなことない、と思うけれど……」

雪乃があうあうあわあわしながら、取り繕うように口を開く。しかし、雪乃自身、その言葉に確たる信念があったわけではないようで、うぐぅと考え込むように顔を伏せてしまった。

そんな雪乃を見て、妻も陽乃もふっと口元を綻ばせる。微笑ましいものを見た、と言わんばかりだ。

私もまた同じように薄い微笑みを浮かべてはいたものの、内心穏やかではいられない。先ほどから会話の端々に不穏な気配を感じる。

紅茶をちびちび飲みながら、話が途切れた瞬間を見計らって私はおもむろに口を開いた。

「何の話をしているんだい？」

「し、知らない……」

雪乃がふいっと顔をそらす。おや、久しぶりに見た稚い反応だ。うちの娘はどちらも可愛いが、今日は輪をかけて可愛い。妻？　妻はいつも可愛い。

しかし、雪乃にそんな可愛らしい反応をされてしまったおかげで、私の嫌な予感は、ほとんど確信へと変わっていた。

ことここに至れば、私も覚悟を決めるほかない。

「……そういえば、何か話があると母さんから聞いたが」

父親の威厳を保ちながら、私はダンディにそう切り出し、ティーカップを静かに下ろした。

一瞬の静寂がリビングに満ちる。

……はずだったのだが、不思議なことに私の手元ではカップとソーサーがかちゃかちゃ音を立てていた。

ああ、嫌だ……、聞きたくない……。

私は雪乃の顔をまともに見ることができず、波立つ紅茶をじっと見つめていた。

すると、誰かが、んっと小さな咳払いをする。

ふと顔を上げると、そのことだけど……と、切り出したのは陽乃だった。

「わたし、またしばらくこっち戻ってくるから」

あっけらかんとした様子で続ける陽乃に、私はつい破顔していた。

「なんだ、一人暮らしはもう飽きたか」

なーんだ、話があるのは陽乃のほうか。なーんだ、よかった、お父さん安心しちゃったよ。

私の笑み含みの声音に、しかし、陽乃はうーんと考えるように小さくうなった。

「そういうんでもないんだけど、ちょっとやりたいことがあって」

ちらと妻に視線をやると、楚々とした仕草で紅茶のお代わりを淹れてくれていた。別段異論をはさまないところを見ると、陽乃がこちらへ戻ってくることに関しては妻も了解しているのだろう。

であれば、私がとやかく言うようなことでもない。むしろ、かつての陽乃が門限破りは当たり前、無断外泊上等と言わんばかりの生活を送っていたことを考えれば、実家へ戻ると言ってくれるのは歓迎すべきことだ。いや歓迎どころの騒ぎではない。熱烈歓迎中華飯店だ。

「何をやりたいかは知らないが……まぁ、好きにしなさい」

「ん、そうする。留学の準備とかしたいし」

ぶっと思わずお茶を吹きそうになってしまった。というか、普通に吹き出していた。

「りゅ、留学⁉」

吐血したように口元をたらりと紅茶が伝う。ローテーブルにはぽたぽたと水滴が落ちていた。雪乃が箱ティッシュを無言で差し出せば、陽乃が二、三枚引き抜いてさっとふき取る。それをくるくる丸めて屑籠(くずかご)へぽいと放ると、私に向き直り、小首を傾(かし)げた。

「言ってなかったっけ？」

「聞いてないなぁ……」

私は首をひねりながら、そのついでに妻の方を見る。だが、妻は驚いた様子もなく、楚々(そそ)とした様子でお茶を飲んでいた。

「私は、反対しましたよ」

こちらを見ることもなく、小声でしれっとそう言った。言外には判断を私に預けるというニュアンスが滲んでいる。

口ぶりから察するに、妻と陽乃の間では侃々諤々のやりとりがあった後なのだろう。そのうえで、最終的な裁可を私に任せると……。

ふむ……。これまでであれば、妻の意見は絶対であり、陽乃はそれに反発しながらも自分なりにうまく折り合いをつけて従うという形が多かった。だが、今は妻も陽乃の意見を尊重しているように見える。

まぁ、陽乃ももう二十歳。そろそろ口やかましく言うだけでなく、一人の大人として扱い始めるべき頃合いだ。だからこそ妻も頭ごなしに反対するわけではなく、対話の場を設けたのだろう。

しかし、いくつになっても娘は娘。父は父。それが変わることはない。不変の真理なのだ。

よーし、パパ、ちょっと粘っちゃうぞー。なぜなら、私は娘には家にいてほしいタイプの父親だからだ。

私はわずかばかりの抵抗を試みる。

「語学留学なら昔行ってるじゃないか。別に今更行かなくても……」

娘たちは一時期、海外へ留学している。帰国子女ということもあって、国際教養科なる課程がある高校を選んだのだ。語学目的であればこれ以上は必要なかろう、おうちにいようよ……と、続けようとすると、陽乃はにっこり笑って、その先を打ち切った。

「そうなんだけど、今度は長期で行きたいなーって。もっと専門的なこと勉強したいし、できれば一年くらいは行くつもり」

陽乃はさらりと、まるで決定事項のように言ってのけた。こういう言いざまは本当に妻によく似ている。こうなると、私が反駁することなど叶うはずもなく、苦い顔で頷くほかない。

「……そ、そうか。うん……。いや、ただ、お金がな……」

学業に専念できるだけのしっかりした環境を揃えようと思えば、数百万かかることになる。その額はさすがにぽんと出せるものではない。

いや、娘のためならば工面できないこともないが、金銭的と言うよりは心情的には出しづらい。だって一年だよ？　それも海外だよ？　心配にもなるよ。それも陽乃だし。絶対トラブル起こすよ。

陽乃は派手にわかりやすく揉め事を起こすタイプなのだ。対して雪乃は地味に気付かないうちにのっぴきならない状態になっていることが多い。つまり、二人ともトラブルを起こしがちなのだ。妻？　妻はもうトラブルどころかトラウマを引き起こしがち。

私が言葉を濁して渋っていると、それにしびれを切らしたのか、陽乃があっけらかんと言い放った。

「マンション売ればなんとかなるんじゃない？」

「あれはお父さんの持ち物なんだが……」

「名義は私ですけどね」

妻が『忘れてないですよね？』と言わんばかりにちくりと素早く刺してくる。そうでしたね、購入するときに二人で話し合ってそう決めましたね。わかってますよ、もちろん覚えてますよと私が妻に笑顔で振り向くと、その隙に陽乃がしれっと何か言い足していた。

「でも、そのうちわたしのものになるじゃない」

「う、うん、まぁ、そうかもしれないが……」

さも当然といった様子で、あまりにも堂々と言うものだから私もうまく否定できない。確かに相続する可能性は充分にあるが、うちの娘は君一人じゃないんだが……。

と、苦々しく思っていると、もう一人の相続者が控えめに手を挙げた。

「姉さんが戻るなら、私が住むつもりでいるのだけれど……」

空気を窺うようにおずおずと口を開いた雪乃に、陽乃が意外そうな顔をする。

「え、そうなの？」

私もまた、陽乃とまったく同じ顔をしていたことだろう。え、そうなの？　なんで？　おうちいなよ。いてほしい。せっかく帰ってきたんだし……。

ぶつくさ言いそうになるのを私はぐっと飲み込んで、父の威厳を込めてこふっと咳払いする。

「雪乃が私にしたかった話というのはそのことかい？」

妻は『二人とも話がある』と言っていた。であれば、雪乃もまた私に何か相談事を抱えているはずだ。

「え、ええ……、まぁ、それもある、というか……、それだけではないけれど……」

だが、雪乃から帰ってきた言葉はやや歯切れが悪い。

普段ならすぱっと言い切る子なだけに、その反応をやや訝しんでじっと視線を向けていると、雪乃は言いづらそうに俯いてしまった。

雪乃は何か言いたげに口元をもにょらせていたが、しかし、それがまともな言葉になることはない。彼女の中で考えがまとまるまで待っていると、やがて雪乃はゆっくりと、視線だけを上にあげ、ぽしょりと呟くように言った。

「…………だめ？」

いいに決まってる！　いいに決まってるじゃないか！　雪乃のお願いなら何でも叶えちゃうぞ！　と、声高に叫びそうになった言葉を、何食わぬ顔でごくりと飲み込む。

「まぁ、今のところは使う予定もないが……」

言いながら、ちらと横目で妻の様子を窺うと、妻も異論を挟む素振りはない。ということは、これも私が判断すべきことなのだろう。

「……好きにしなさい」

なんとかぎりぎりのところで、父親の威厳を発動させ、私は鷹揚に頷いて見せる。すると、雪乃はぱぁっと顔を輝かせた。

「ありがとう」

その微笑みが見られるなら、マンションの一つくらいどうということもない。人に貸せばそこそこ良い値がとれる物件だが、そんなものより雪乃の笑顔のほうが価値がある。娘の笑顔、プライスレス。

実際、雪乃がおねだりしてくることは非常にまれなことなのだ。私や妻に要求がある時は、筋道立てて理路整然とプレゼンをしてくる。だから、今のように理屈も何もなしにねだられてしまうと、私は激弱なのだ。

雪乃も陽乃も、方法論こそ違えど、私へのお願いごとが上手だ。可愛い娘のためならばと、こっちは思ってしまうのだ。妻？　妻ももちろん可愛いの妻のためならばと思わされてしまう。いつも事後報告で『マンション、買いましたので』『名義、変更しましたから』『定期に入れてても仕方ないので米国債に変えましたよ』と、すべてが終わった後にわざわざ教えてくれるあたりに可愛げがあるので、非常に可愛いといえよう。可愛さ余って怖さ百倍だ。

しかし、せっかく実家に戻ってきてくれたのに、またすぐさま出ていかれてしまうのか。寂しいなぁ……と、私が肩を落とすと、それとほとんど同時に陽乃がはてと首をひねった。

「雪乃ちゃん、あっちに戻る必要なくない？」

陽乃の言葉に私も賛意を示して頷く。戻る必要なくない？　ないよね？　うちにいればよくない？　うちにいなよ。いてほしいなぁ……。

「あっちのほうが通学に便利なの。もともとそういう理由で住んでたわけだし……」

雪乃はため息交じりにそう言うが、実情はやや違う。

そも、あのマンションに雪乃を住まわせることに決めたのは彼女が入学して以降のことだ。最初から利便性を求めて、一人暮らしをしていたわけではない。

結果的に、通学に便利になったのであり、因果が逆だ。

雪乃が一人暮らしをするに至ったもっとも大きな原因は、入学間際の交通事故だ。幸い、雪乃に怪我はなかったが、それでも少なからず精神的な衝撃はあっただろう。私も妻も被害者の方へのお詫(わ)びや後処理などで多少バタバタしていたこともあり、それらから遠ざける意味もあって、彼女に一人暮らしを勧めた。

あの頃の雪乃はややナーバスになっていたし、あまり折り合いの良くなかった陽乃と距離を置かせようと思ったのも理由の一つだ。

私の中で、雪乃は繊細な子という印象が強い。

無論、陽乃が繊細でないという意味ではない。陽乃も充分に繊細だが、その性質や方向性が異なるのだ。陽乃は硝子(ガラス)細工のような繊細さで、砕ければその破片が触れたものを傷つける。対して雪乃は触れればそのまま消え行ってしまいそうな儚(はかな)さを伴っている。

妻？　妻ももちろん繊細だ。その性質や方向性は例えるなら触れた者が死ぬタイプの危険物。よって、その取り扱いにはかなりの繊細さが（できれば危険物取り扱いの資格も）求められるので、やはり非常に繊細な女性だと言わざるを得ない。

問題はその繊細な彼女たちが、結構気軽にお互いを傷つけあう節がある点である。

今も陽乃は雪乃にしなだれかかり、チェシャ猫めいた笑みを浮かべて、しきりに絡んでいた。

「別にうちからでもたいした距離じゃないでしょ〜。ほんとにそれだけが理由かなぁ？」

「他にないでしょう。もっとも家から近いのに、ろくろく授業に出てない人にはわからないでしょうけれど」

雪乃はもたれかかってきた陽乃を押し返すと、そのついでにチクリとやり返す。

「陽乃……。講義、受けていないの？」

すると、それまで我関せずを貫いて優雅に紅茶を飲んでいた妻の動きがぴたりと止まった。

ゆっくりとカップを下ろすと、底冷えのするような声音で呟く。表情は相変わらず柔和な笑みのままであるだけに、なお一層怖い。これにはさしもの陽乃もまずいと思ったのか、誤魔化すように紅茶を呷ると口早にまくしたてた。

「単位は落としてないんだからいいでしょ別に」

ここが好機と見たか、雪乃もにっこり笑って畳みかける。

「あら？　あれだけ私たちにちょっかいをかけてきたのに、フル単だなんて、……さすがですお姉さま」

「し、進級するのには問題ないから！」

陽乃が私と妻に向かって、慌てて言い訳をする。進級には問題なし、ということは、裏を返せば最低限の単位しか取得していないということか……。

まぁ、陽乃は要領のいい子だから、学業に関してはさして心配はしていない。しかし、それはあくまで私の意見にすぎないようで、妻はまた違う意見らしかった。「陽乃……」と、優しくその名を呼んだ。

「あなたね、大学の授業が一コマいくらか一度計算してみなさい」

妻は頭痛をこらえでもするように、こめかみに指をあてると、深いため息を吐いた。そして、じとっと温度の低い眼差しを投げかける。

陽乃がうぐっと言葉を詰まらせる。その隣では雪乃がふふんと愉快そうに胸を反らしていた。二対一と不利な情勢に追い込まれると、陽乃が助け舟を求めるようにむーっと唇を尖らせ私を見る。

しかし、申し訳ないことに私にも覚えがあることなので何も言えない。

ずいぶんと昔にまったく同じことを言われたことがある。

昼日中から煙草の煙が充満した雀荘にこもりきりだった私に、彼女は今と同じく、辛辣な口ぶりと冷ややかな眼差しでもって、ちくちく言い募ってきたものだ。

あの時の光景を思い出すと、不意に、二十年前にやめた煙草の匂いを思い出す。当時は今の半額ほどの値段だったこともあり、一日にひと箱あけていたものだが、それも陽乃が生まれるときにやめてしまった。

「……まぁ、サボりはほどほどにな」

苦笑交じりに言うと、妻からちろりと温度の低い視線を投げられた。それでも、学生時代に向けられていた凍てつく眼差しよりはまだいくらか温かくなっているのだから、伊達に二十年以上連れ添っていない。

私なりに中庸をとった発言のつもりだったが、陽乃は不満げに唇を尖らせ、ぶんむくれてそっぽをむいている。一方で隣に座る雪乃は得意げにさらりと髪を払い、勝ち誇っていた。

雪乃が陽乃をやりこめる様をずいぶん久しぶりに見た気がする。

だが、敵もさるものひっかくもの。

陽乃は何か思いついたらしく、閉ざしていた口元をほころばせると、そのまま口角を上げる。ふっくらとした唇がにまぁっと弧を描いた。

母譲りの嗜虐的な微笑みは親のひいき目なしにも美しいものだと思う。もっともその母は長じるにつれ、努めてポーカーフェースであろうと広げた扇子で隠すようになったが、陽乃は未だにあえて見せつけることで威圧に使おうとしている節がある。

自然、その威圧的な微笑を見た雪乃も身構えた。あるいは、身構えるだけの猶予を与えた陽乃なりの優しさなのかもしれない。

根は優しい娘たちなのである。妻？　妻ももちろん優しい。特に理由はないし、これといった具体例は全く示せないが、優しいと言わざるを得ない。いや、優しいよ？　ほんとほんと。

「あ、そっかぁー……」

陽乃はにゃぁっと笑いながら呟くと、またぞろ隣にしなだれかかり、雪乃の長い黒髪を一房くるりと指で巻く。そして、その指先でもって雪乃の頬をつついた。

「実家だと、あの子を気軽に呼べないもんね。お泊まりだって難しくなるし。だからまた一人暮らししたいんだ」

「なっ」

瞬間、雪乃の背が跳ね、そのまま固まった。なんなら、私も完全に固まっていた。え、待って。待って待って無理しんどい待って。

だめだぞ、いかん、そんなのお父さん許しませんよ。そいつの名前と住所とマイナンバーを教えなさい。ついでに、藁人形と五寸釘も用意してくれ。そしたら、金槌でダイレクトアタックしてくるから。

と、厳しく言いたかったのだが、あまりの衝撃に私は金魚のように口をパクパクさせることしかできない。

落ち着け、落ち着くんだ。まずは紅茶を飲もう。それから金槌を探そう。

私が紅茶を飲むのと、雪乃がカップを呷るのとがほぼ同時だった。そして、雪乃は大きく息を吐くと、一気にまくしたてる。

「え、ええ、そうね。由比ヶ浜さんが気軽に泊まりに来ることは確かに難しくなったわね。けれど、それが理由なわけじゃないわ。現に私があちらにお邪魔することだってあるわけだし、私はただ純粋に通学に便利だからあのマンションに住むと言っているのだけれど」

言い終えると、雪乃は肩で息をしながら、空になったカップをゆっくりとソーサーへ置く。

そこへ妻がすかさずお代わりを注いでいた。

雪乃はまっすぐすぎて、誤魔化すのが下手すぎる……。

しかし、知らない振りをしてやるのも親の務めというもの。

だいたい、娘の交友関係を逐一確認するのも過干渉というものだ。雪乃の口ぶりから察するに、どうやら由比ヶ浜さんと言うのは女の子のお友達のようだし、お互い家に行くような仲で常日頃から親しくしているように見受けられる。むしろ、あまり交友関係の広くなかった雪乃が、それだけ心許せる友を得たというのなら、喜ぶべきことだ。

などと、どうにか自分をなだめすかしていたのだが、向かいに座っている陽乃はくつくつ楽しげに笑っている。ふいっと雪乃を抱き寄せて、耳元に顔を寄せたかと思うと、わざとらしくこちらに聞こえるように囁いた。

「いやいや、ガハマちゃんじゃなくて」

「姉さん黙って。黙りなさい」

雪乃は顔を背けると、両手で陽乃の口元をぐいぐい押して押さえにかかる。陽乃は頬をぐにぐに摑まれて、さながらオイタをしたときの犬みたいになっている。

姉妹のじゃれあいも随分と久しぶりに見た。

私が感慨に浸っていると、それまで呆れた様子で見ていた妻がおもむろに口を開いた。

「二人ともやめなさい」

妻が静かな声音で言うと、雪乃はしぶしぶ両手を下ろし、陽乃も肩に回していた腕を離す。

ようやく聞く態勢が整うと、妻はじっと雪乃を見つめた。

「そういったことも全部含めて、ちゃんとしたほうがいいでしょう。けじめはつけるべきだわ」

妻の声音はかつての、優しく甘やかすような、諭すような響きではなく、説き伏せるそれに変わっていた。

「……そんなの、絶対嫌がられる」

雪乃は浅く唇を嚙むと、常よりもいくらか砕けた口調で続けた。その稚い喋り方が雪乃の小さいころを思い出させる。

「それに、面倒だって思われたり、重いって思われたら、……困る」

言って、しゅんと項垂れる雪乃の瞳には戸惑いや恐れ、あるいは思慕の念が溢れ、今にもこぼれそうだった。

俺の娘にこんな顔させやがって……。どこの誰だか知らねぇけどぶち殺すぞこの野郎……。

　膝の上で固く握り拳を作っていると、その手をぺしっと扇子で叩かれた。反射的に隣を見やると、妻が小さく首を振っている。

　いかんいかん、危うく地が出そうになっていた。私は過去を反省した結果、寡黙ながらも良き父、良き夫であろうと誓ったのだ。

　父として、悲しげに顔を伏せている娘になんと声をかけようか。考えていると、私が何か言うより先に、陽乃が動いていた。

　陽乃は、からかってごめんね、とあやすように、雪乃の頭をぽんぽん軽く叩いた。

「大丈夫でしょ。それくらいあっちだってわかってるって。ていうか、雪乃ちゃんそもそも激重だよめちゃくちゃめんどくさいよ」

　ぐしぐし撫でられると、雪乃はふいっと顔を逸らす。そして、照れくさそうにぼしょぼしょ文句を言った。

「姉さんに言われたくない……、姉さんもめんどくさいもの……」

　まったくだ。自分でからかっておいて、そのくせわざわざ慰めるなんて愛情表現が歪みすぎている。本当に、誰に似たのだか。苦笑交じりに愛娘たちを見守っていると、陽乃はじとっとした目で雪乃を睨み、その頬をつつく。

「あの子よりマシですー。外堀埋められた隙に内堀掘り始めるような子だし。誘ってもたぶんあの手この手を使って逃げ回るんじゃない？」

「……まぁ、たぶん、そうね」

雪乃が安堵とも呆れともつかないため息を吐く。

すると、妻がぱちりと扇子を鳴らし、満足げに頷いた。

「だったら、その手を全部潰すしかないわね」

にこやかに、どころかいっそ愉快げな妻の声音は明るく弾んでいるのに、私の背にはぞくりとした寒気が走った。

　妻の言い草が物騒だったから、だけではない。不穏なことを言う割りに瞳がやけにキラキラしているから、だけでもない。

　その感覚に覚えがあったから、私は寒気がしたのだろう。それこそ二十年以上前に味わった追い詰められる獲物の気分が蘇ったのだ。

　こんな極めて個人的な感覚は誰かと共有できる類いのものではない。実際、雪乃は妻の言っていることが未だ腑に落ちていないのか、はてと小首を傾げている。

だが、陽乃はピンと来たらしい。すぐさま、にやりと妻によく似た笑みを浮かべる。

「……そっか。じゃ、まずは雪乃ちゃんの逃げ道から潰さないと」

「は？　え、ちょっと姉さん、何をするつもりなの？　何かわからないけど絶対ろくなことにならないからやめて」

　だしぬけに言われ、雪乃は首を捻る。そして不安に顔を曇らせて陽乃の手を掴んだ。だが、陽乃は雪乃をまぁまぁと押しとどめると、にこぱーっとした笑みで私に振り返った。

「ね、お父さん。雪乃ちゃん、お父さんに会ってもらいたい人がいるんだって」

「……へ？」

雪乃がぽかーんと口を開けて固まる。次第に陽乃の言ったことが理解できたのか、じんわりと頬が朱色に染まり始めた。

これまでは私も蚊帳の外にいたからこそ、それらしき話題に触れても聞き流すことができていた。しかし、面と向かって話を振られてしまえば、さすがに聞かなかった振りはできない。私は居住まいを正すと、じっと雪乃の瞳を見つめる。

「雪乃。……そうなのかい？」

「え、そ、いえ、そんなことは……」

ぶんぶん手を振ったかと思えば、その手でしきりに前髪を直したり、顔を扇いだり、手櫛で髪を梳いたりと雪乃の動きは忙しない。

「雪乃」

だが、妻が静かな声音で呼ばわると、ぱたりと手を下ろした。赤くなった頬を隠すように俯いていたが、やがて観念したように大きく深呼吸し、雪乃は小さな声で囁くように切り出した。

「えっと……。その、私も、彼もそういうのはあまり得意ではない、というか。苦手だし好きではないから、たぶん、とても時間がかかるし……、今すぐではないけれど……」

照れくさそうに、私から顔を背けながらも、時にこちらの様子をちらと窺ってはまたすぐに目を逸らして、雪乃はとつとつと言葉を紡ぐ。

私はそれを黙って聞くほかない。こんなに真剣に、そして慎重に、けしてまちがうまいと考え考えしながらも真摯に語り掛ける娘の声を遮ることなどできるはずがない。

「父さんに、いつか、紹介……します」

なにより、そんな嬉しそうに、はにかんだ微笑みで言われてしまったら、否やを唱えることなどできやしない。

「ん……。ああ、そうか……」

つんと鼻の奥が痛んだ。吐き出す息は湿りけを帯びてやけに重い。

娘が生まれた時に、いつかやってくるであろうと思っていた瞬間は、想像していたよりもはるかに早く、そしてあっけなく訪れてしまった。

何事か口にしなければ、私はこのままため息を吐き続けることになってしまうだろう。それはあまりに情けないので、とりあえず頷きながら言葉に似た何かを口にする。

「そうだな、うん、わかった……。しかしまぁしばらくは私もばたばたしているから、落ち着いたら、な……。そしたら、まぁ、そのうち……」

そう。そのうち、徐々に私も慣れていけるだろう。娘が我が手を離れていくことに。

だから、あともうほんの少しだけ、この時間を続けさせてもらいたい……。

思った矢先、妻がぱちりと扇子を閉じて、なにか勝手なことを言い出していた。

「そうね。六月半ばなら空いているからそこにしましょう」

「なぜ母さんが決めるんだ……」

私が震える声音で問うと、うっすらと涙で滲んだ視界の中、妻はにっこりと微笑んだ。

「こうでもしないと、あなた、逃げるから。先手を打っておかないとね」

まるで恋する乙女のような、お出かけ前の少女のような、輝きの宿るまっすぐな瞳は、出会ったころと変わらずに、今も美しく、愛らしい。

純粋無垢とは程遠く、可愛らしい打算が滲んだ小悪魔めいた蠱惑的な笑顔には、二十数年経っても、敵う気がしない。

私が愕然としていると、視界の端では陽乃が雪乃に耳打ちしている。

「雪乃ちゃん、ああやるんだよ」

「勉強になるわ……」

しきりにこくこくと頷く雪乃の顔を見て、私は密かに、まだ見ぬ彼に同情した。

いずれ、その彼も、私のように追い込まれて追い詰められて、手も足も出ない状態になるのだろう。なんなら口を出すことさえできないのだ。

今も、雪ノ下家の三女神は、私をよそに来るべく邂逅へ思いを馳せ、気まぐれな会話を繰り広げていた。

「でも、普通に誘っても来ないでしょ、あの子」

「なにかきっかけがあればいいのだけれど……」

陽乃が手酌でロックグラスに酒を注ぎながら言えば、雪乃は柔らかな唇に手を当て、しばし考えこむ。眉間に寄ったしわから察するに、ずいぶんな難題らしかったが、妻はふわりと扇子を広げると即座に答えを示して見せた。

「きっかけね……。なるほど。プロムのようなイベントごとなら、私もお父さんも自然にかかわる可能性があるわね」

「ええ。仕事だからって言い訳があれば、大抵のことは受け入れてしまうから、あの人」

雪乃が呆れたように、そしてどこか誇らしげに、件の彼について語れば、妻は頬に手をやり、嬉しそうに笑う。

「あら、それはいいことを聞いたわ。労働力としては理想的ね」

「ていうか、時期考え直した方がいいんじゃない？　普通に受験でそれどころじゃないでしょ。なんだったら受験を言い訳にして、『お互いのために距離を置いたほうがいい』とか気持ち悪いこと言い出すタイプよ、アレ」

陽乃はけらけら笑いながら言うが、雪乃は一切笑っていない。

「本当に言い出しそうだから困るわ……」

「なんなら雪乃ちゃんが言い出しそうだよね」

ぷふーっと遠慮なく爆笑する陽乃と、あからさまにむっとする雪乃。二人を見つめて、妻はふっと柔らかな笑みを浮かべている。

「それもそうね……。彼、成績はどうなの？　どのあたりを受験するとか聞いているの？」

「え、ええ……。たぶん私と同じようなところを受けると思うけれど……」

妻に問い詰められ、雪乃がへどもど答えると、それを肴に陽乃がロックグラスを傾けつつ、楽しげにうそぶく。

「違う大学……、新しい出会い……、そして偶然の再会……。前途多難だねぇ」

「姉さん黙って」

またぞろ二人の言い争いが始まるのをしり目に、私はそっとリビングを後にする。

これ以上、ガールズトークを聞いているのは私の心臓に悪そうだ。無論、言うまでもなく妻もガールと言っていいくらいに若い。

去り際に壁掛け時計に目をやれば、まだ夜更けと呼ぶには浅い時間だ。今ならまだ店も開いているだろう。

久しぶりにゆっくり一人で飲みたい気分だった。

寝室から降りてきた時とは違い、いくぶんか軽やかになった足取りで、私は二階へと上がっていく。手早く着替えて、行きつけのバーに向かうとしよう。

妻にかけてもらったコートをクローゼットから引っ張り出すと、さっと羽織って、私は抜き足差し足忍び足で玄関を出た。戻って来るときはきっと千鳥足だ。
そっと音を立てずに扉を閉めて、玉砂利を踏まぬよう慎重に石畳を歩く。
門を出ると、月影さやかに桜吹雪が舞い散った。
男子家を出ずれば七人の敵あり。
愛しい娘を父親から奪い去らんとする我が怨敵。
ともに女神たちに立ち向かわんとする我が強敵。
——どうやら今日、また一人、私の敵が増えたらしい。

了

## Author's Profile

### 天津向
**Mukai Tenshin**

お笑い芸人、作家。著書に、『芸人ディスティネーション』シリーズ(ガガガ文庫)、『クズと天使の二周目生活』シリーズ(ガガガ文庫)などがある。

### 石川博品
**Hiroshi Ishikawa**

作家。著書に、『耳刈ネルリ』シリーズ、『ヴァンパイア・サマータイム』(ファミ通文庫)、『先生とそのお布団』(ガガガ文庫)、『海辺の病院で彼女と話した幾つかのこと』(ファミ通文庫)などがある。

### 水沢夢
**Yume Mizusawa**

作家。著書に、『俺、ツインテールになります。』シリーズ(ガガガ文庫)、『ふぉーくーるあふたー』シリーズ(ガガガ文庫)、『SSSS.GRIDMAN NOVELIZATIONS』(小学館)などがある。

### さがら総
**Sou Sagara**

作家。著書に、『変態王子と笑わない猫。』シリーズ(MF文庫J)、『さびしがりやのロリフェラトゥ』(ガガガ文庫)、『教え子に脅迫されるのは犯罪ですか?』シリーズ(MF文庫J)などがある。

## 裕時悠示

**Yuji Yuji**

作家。著書『踊る星降るレネシクル』シリーズ(GA文庫)、『俺の彼女と幼なじみが修羅場すぎる』シリーズ(GA文庫)、『29とJK』シリーズ(GA文庫)など。

## 渡航

**Wataru Watari**

作家。著書に『あやかしがたり』シリーズ(ガガガ文庫)、『やはり俺の青春ラブコメはまちがっている。』シリーズ(ガガガ文庫)など。『プロジェクト・クオリディア』では、作品の執筆とアニメ版の脚本も務めている。

## あとがき（石川博品（いしかわひろし））

やっぱり男のパンツは最高だよ。

私がまず一枚おすすめするとしたら、グンゼＢＯＤＹ ＷＩＬＤの立体成型ボクサーパンツである。縫（ぬ）い目がすくなく、ストレッチが利き、通気性も良好と、隙がない。一〇〇〇円という定価はユニクロとも勝負できるレベルだ。これを中心にスタメンを組んでいけばまずまちがいないだろう。あえて欠点を挙げるとすれば、基本無地なので派手な柄好きの人には刺さらない点と、ポケット部分も一枚布なのでチョロッといっちゃう向きには不安が残る点だ。

ユニクロのボクサーは、作りが窮屈なので好きではない（ここ二、三年のは知らない）。最近ＢＯＤＹ ＷＩＬＤから出たＡＩＲＺシリーズは異次元のフィット感で、これはもう「エロい」としか表現できない穿（は）き心地だ。ただ、素材にレーヨンが含まれるせいか、やや蒸れるのが気になる。そこをクリアすればパンツ界の頂点に立てる逸材だろう。

スウェーデンのＦＲＡＮＫ ＤＡＮＤＹはポップな柄が売りだ。ポケットは立体感があまりなく、横方向に張り詰めて空間を作り出す感じ。私の買ったものだけかもしれないが、ウエストゴムに縫いつけられたタグがあまりにチクチクするので、糸を切ってはずしてやった。全体的に値段の割には……という感じ。

ポケット部分に解放感があるというので買ってみたＡＮＤＲＥＷ ＣＨＲＩＳＴＩＡＮのボクサーは、解放感というか、「ぷるんっ」て感じの見た目だった。どういうことなのかと思い、メーカーのWEBサイトを見てみると、「大きく見える」パンツや、お尻のとこだけぽっかり穴が開いたパンツ、乳首までしか隠せないタンクトップなどが販売されていて、いろいろと察した。更衣室の視線をひとり占めしたい人にはおすすめ。

歩き旅が趣味なので、アウトドア系のベースレイヤーにも注目している。いちばん気に入っているのはPhenixのボクサー（型番忘れた）だ。グリッド状の生地が抜群の通気性を生んでいる。さらっとした肌触りもいい。これが私の勝負下着なので、コミケなどで見かけた際には「おっ、今日もアレ穿いてるな」と思っていただきたい。

ボクサーより歩きやすいかと思い、モンベルのメリノウールブリーフも買ってみた。だが裾が微妙に鼠径部を圧迫するので、歩いていて気になる。コンパクトなので予備の下着にはいい。最近、ICEBREAKERのメリノボクサーを買ったが、海外サイズのはずなのにウエストがやたらときつい。実戦投入するか検討中。

男の人生は理想のパンツをさがす長い旅なんだなあ。

ところで戸塚ってどんなパンツ穿いてるのかな。

石川博品

# あとがき（さがら総）

『やはり俺の青春ラブコメはまちがっている。』の一巻を九年近く前に読んでから、ずっと考えてきたことがある。

雪ノ下雪乃という女は、いったい何を考えて生きているのだろうか。

比企谷八幡は韜晦する言葉が多いとはいえ、曲がりなりにも視点人物である。由比ヶ浜結衣は序盤から感情をそれなりに素直に吐露しているように思える。一色いろははある意味においてわかりやすい（※諸説ある）。戸塚彩加はかわいい。材木座義輝はまあいいや。

ところが雪ノ下雪乃には、なぜ今そんな発言を？　どういう感情を抱いていたら八幡にそれを言うのか？　となる台詞が、他に比べていささか多いように自分には感じられた。

もちろん、作者である渡航のなかには、すべての答えがあるに決まっている。

だが、せっかくアンソロジー企画に参加させていただいたのだから、雪乃のひとつの可能性を示しても許されるのではないか。読み手の主観の数だけ、雪乃が居ても良い。

そのような気持ちで、この短編を執筆した。こんな思考回路の雪乃もどこかにはいるかもしれないと、笑い飛ばしていただければ幸いである。

ちなみに。

雪乃が将棋について普通に認知していそうな台詞が原作のどこかにあるが、良い子のみんなは絶対に探さないでいただきたい。ぼくの世界の雪乃は将棋がわからないんだ。

## あとがき（天津向）

どうも。天津 向と申します。この度は『俺ガイルアンソロジー』を読んで頂き、ありがとうございました。

僕みたいな芸人の世界の端っこで細々とやっている人間に、あの俺ガイルアンソロジーを書いてみないか？　と言った人はすごい賭けに出たんだと思います。その賭けに勝ったかどうかは分かりませんが、その声をかけてくれた人はあれから姿を見かけません。元気にしていたらいいのですが。

今回雪乃のアンソロを書くことになり、他のラインナップを考えると僕が一番文も下手だろうから、僕にしか書けないものを探した結果がこの『漫才』というジャンルでした。

そういう理由で書きだしたのですが、これが案外雪乃と八幡の通常の会話と漫才が重なるところもあり、スムーズに楽しく最後まで書くことが出来ました。

僕が書いているラノベ『クズと天使の二周目生活』の担当はこれを読んで「いつものクズと天使の二周目生活より全然おもしろいです！」と言っていました。褒められてるのかけなされたのかよく分からなかったです。

皆さんもおもしろいと思ってくれたら幸いです。ありがとうございました。

天津　向

## あとツインテールがき（水沢(みずさわ) 夢(ゆめ)）

初めましての方は初めまして、水沢 夢です。

この本が出る頃には本編が完結しているかもしれないツインテールの物語を、普段は書いています。ツインテールの話を書いた時はあとツインテールがきなので、今回もあとツインテールがきです。

俺ガイルの作者の渡(わたり) 航(わたる)先生は気さくで後輩の面倒見のいい方で、僕もよくしていただいており、アンソロ執筆の依頼があった時も「是非！」と受けさせていただきました。

たとえば、何年も前のことなのですが、書店で自分の本にサインをさせていただいている時、渡先生と一緒になったことがありました。

その時渡先生はサインの下にコメントを書いていて、それを見た僕に「作家は（イラストレーターさんと違って）絵をつけたりできないから、サインと一緒にコメントを書いておくと読者が喜ぶよ」というふうにアドバイスしてくれました。

それがきっかけになったのもあって、僕も自分のサインには可能な限りちょっとしたネタコメントを添えるように心がけています。

こんな心温まるエピソードを披露したので、俺ガイル読者の皆様におかれましては当アンソロジーにて私がちょっとアホな話を書いたことは大目に見ていただけますと幸いです。

## あとがき（裕時悠示）

この短編を書いた後、ブラウザのｗｅｂ広告が「包茎」で埋め尽くされました。

渡航絶対許さない。

およそ九年にわたる闘い、本当にお疲れさまでした。

## あとがき（渡航）

　こんばんは、渡航です。

　先日『やはり俺の青春ラブコメはまちがっている。』の14巻を書き上げ、これでしばらくはあとがきを書くことはないのだなと思っていたのですが、それから幾ばくもしないうちに、またぞろ書く羽目になってしまいました。

　終わったー！　俺は自由だー！　誰も俺を止められはしねぇ！　と息巻いていたのが嘘みたいです。

　私は今も変わらず、この場所で、あの日の続きを綴っています。そう、ここ神保町は小学館で……。……こないだのは仮釈放だったんですかね？

　とはいえ、仮釈放の間も、なんやかんやと『俺ガイル』関連のお仕事はバリバリやってましたし、私自身「書かなければ……」という強い使命感に駆られておりました。自分の中でも、やっぱりこの物語が終わったという感覚はまったくなく、そこから先のお話や、こぼれてしまった裏話が心中でぐるぐるうずまいてました。

　考えてみれば、足掛け9年、もうすぐ10年。彼ら彼女らと付き合ってきたわけで、それが最終巻を書いたから「はいさよならよ」とはならないわけでして、ふとした瞬間に、「あいつ、今どうしてるかな……」と、地元の同級生を思うような気持ちになるものです。

おそらく、これから先も、折に触れて彼ら彼女らの行く末を思うことでしょう。そして、その度に筆を執り、あの日の続きを書くのだと思います。

といった感じで、『斯くして、彼の前に新たな敵は現れる。』でした。

アンソロジーということもあり、まぁ、こんな話もいいかな……みたいなノリで書きましたが、本編ではなかなか書くことのない人物やシチュエーションを書けるのは楽しくもあり、またこうした短編を書ければなと思っております。

あ、そう。そうなんですよ。これ、アンソロジーなんですよ。プロデューサーさん！　アンソロジーですよ！　アンソロジー！

たくさんの作家様、イラストレーター様にご参加いただき、たくさんの俺ガイルを書いていただこうという企画でして、「ぼくのかんがえたさいきょうの俺ガイルアンソロジー」とかいう絵空事をうっかり口にしたらうっかり実現してしまいました。

好きな人や憧れの人に、自分の作品のアンソロジーを書いていただくというのは、嬉しいやら恥ずかしいやらで、冷や汗どころか滝汗で失禁ものです。ジョバってます。

こちらの『やはり俺の青春ラブコメはまちがっている。』アンソロジーですが、全部で4冊、刊行予定という無茶苦茶な企画です。まだまだ俺の好きな人たちが続々登場する予定だぞ！

雪乃ｓｉｄｅの他、結衣ｓｉｄｅ、オールスターズ、オンパレードと引き続きよろしくお願いいたします。

以下、謝辞。

石川博品様、さがら総様、天津向様、水沢夢様、裕時悠示様。

最高に面白かっこいい素敵な作品をありがとうございます。作者である前に、一俺ガイル読者として大変楽しく拝読させていただきました。死ぬほどめんどくさいでおなじみの作品と作者で、皆々様におかれましては非常にご面倒をおかけしたことと存じますが、俺は幸せなのでオッケーです。

うかみ様、春日歩様、切符様、ももこ様。

キャラクターたちの素敵な一面を新鮮な気持ちで覗かせていただきました。最高すぎひん？　いただいたイラスト一枚一枚を拝見する度、幸せな気持ちでいっぱいになりました。これはもはや合法の何かだと思います。本当にありがとうございました。

ぽんかん⑧神。

ありがとう、ゴッド。表紙最高すぎるよ、ゴッド。もうすぐ10年ですけど、この先も二十年三十年と病めるときも健やかなるときもお付き合いいただければ幸いです。よろしくね！　私の味方！　ありがとうございます！

担当編集星野様。

思いつきから口にした企画を形にしていただいてありがとうございます。四冊出そうぜ！　とかたわごとを言いだしたわがまま作家に相も変わらずお付き合いいただき、感謝感激雨嵐です。まぁ、アンソロジーもその他諸々もまだまだ続くんですけどね！　次回も渡航と地獄に付き合ってもらう。なぁに、次こそは余裕ですわ！　ガハハ！

ガガガ編集部の皆様、並びにご協力いただいた各社様。

俺が！　好きだから！　とかいうめちゃくちゃな理由で、各作家様イラストレーター様にお声がけいただき、編集にご協力いただきまして大変感謝しております。皆様お忙しい中、本企画にお付き合いいただき、まことにありがとうございました。

そして、読者の皆様。

『やはり俺の青春ラブコメはまちがっている。』が完結してからも、なにかといろんな企画が動いているのは間違いなく、皆様の応援のおかげです。これからももう少しだけ続いて、じんわりと広がっていく俺ガイルの世界に今しばらくお付き合いいただけましたらこれに勝る喜びはございません。皆様のご声援があるから、この物語は終わることなく、続いていくのだと思います。君がいるから俺ガイル！　ありがとうございます。

といったところで、紙幅もつきました。このあたりで筆を置くと見せかけて、私は次の原稿に取り掛かります。

次は、『やはり俺の青春ラブコメはまちがっている。オンパレード』でお会いしましょう！

二月某日　テンションＭＡＸ眠気ＭＡＸでＭＡＸコーヒーを飲みながら

渡　航

# ガガガ文庫3月刊

## 銀河鉄道の夜を越えて　～月とライカと吸血姫　星町編～

著／牧野圭祐(まきのけいすけ)

イラスト／かれい

牧野圭祐とJ−POPアーティストH△Gとのコラボで生まれた声劇「銀河鉄道の夜を越えて×月とライカと吸血姫(星町編)」。その台本のWeb小説版に大幅加筆。もうひとつの「月とライカと吸血姫」の物語が完成！

ISBN978-4-09-451831-3（ガま5-9）　定価:本体600円+税

## コワモテの巨人くんはフラグだけはたてるんです。2

著／十本スイ(とおもと)

イラスト／U35(うみこ)

学園一有名なコワモテ巨人。だけど見た目に反して心優しい不々動悟老。あいかわらずなぜかフラグだけは立てまくる彼にもついに友達が……？　これは自己肯定感低めな巨人くんが、認め合える人と出会う物語。

ISBN978-4-09-451832-0（ガと4-2）　定価:本体660円+税

## 出会ってひと突きで絶頂除霊！6

著／赤城大空(あかぎひろたか)

イラスト／魔太郎(またろう)

サキュバスの角を身に宿し、魔族アンドロマリウスにさらわれた童戸槐。不測の事態が続くなか、退魔師協会は国内の十二師天を召集し、大規模作戦を展開する。果たして晴久たちは槐を救うことができるのか!?

ISBN978-4-09-451833-7（ガあ11-19）　定価:本体730円+税

## プロペラオペラ2

著／犬村小六(いぬむらころく)

イラスト／雫綺一生(しずきひとみ)

飛行戦艦「飛廉」を駆る艦隊司令官は皇家第一王女の美少女イザヤ。参謀は超傲慢天才少年クロト。幼なじみなのに素直になれない二人の空中決戦！ 味方全滅確定か？「飛廉」にしかできない捨て身の戦いとは!?

ISBN978-4-09-451834-4（ガい2-30）　定価:本体730円+税

## やはり俺の青春ラブコメはまちがっている。アンソロジー1　雪乃side

著／渡 航(わたりわたる)ほか

イラスト／ぽんかん⑧ほか

豪華ゲストによる雪乃フィーチャーの俺ガイルアンソロジー!!　著：石川博品、さがら総、天津 向、水沢夢、裕時悠示、渡 航　イラスト：うかみ、春日 歩、切符、ももこ、ぽんかん⑧

ISBN978-4-09-451835-1（ガわ3-25）　定価:本体700円+税

## やはり俺の青春ラブコメはまちがっている。アンソロジー2　オンパレード

著／渡 航(わたりわたる)ほか

イラスト／ぽんかん⑧ほか

豪華ゲストによる濃いキャラ揃いの俺ガイルアンソロジー!!　著：白鳥士郎、伊達 康、田中ロミオ、天津 向、丸戸史明、渡 航　イラスト：うかみ、しらび、戸部 淑、紅緒、ぽんかん⑧

ISBN978-4-09-451836-8（ガわ3-26）　定価:本体700円+税

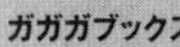

ガガガブックス

## 最強職《竜騎士》から初級職《運び屋》になったのに、なぜか勇者達から頼られてます5

著／あまうい白一(しろいち)

イラスト／泉 彩(いずみさい)

最強の《運び屋》として旅するアクセルは『精霊都市』を訪れる。精霊都市の深奥にいる精霊の姫からも、アクセルは頼られる！　元竜騎士の最強運び屋は次元の壁すら突破する、トランスポーターファンタジー第5弾！

ISBN978-4-09-461136-6　定価:本体1,300円+税

# GAGAGA

## ガガガ文庫

やはり俺の青春ラブコメはまちがっている。アンソロジー1
雪乃side

渡 航ほか

発行　2020年3月23日　初版第1刷発行

発行人　立川義剛

編集人　星野博規

編集　星野博規 林田玲奈

発行所　株式会社小学館
〒101-8001 東京都千代田区一ツ橋2-3-1
[編集]03-3230-9343 [販売]03-5281-3556

カバー印刷　株式会社美松堂

印刷・製本　図書印刷株式会社


Printed in Japan ISBN978-4-09-451835-1